火圈

沈石溪等——著

王佳——绘

中国出版集团
東方出版中心

图书在版编目(CIP)数据

火圈 / 沈石溪,雨街,袁博著;王佳绘;王轶美主编. —上海:东方出版中心,2019.6

ISBN 978-7-5473-1454-8

Ⅰ. ①火… Ⅱ. ①沈… ②雨… ③袁… ④王… ⑤王… Ⅲ. ①短篇小说—小说集—中国—当代 Ⅳ. ①I247.7

中国版本图书馆 CIP 数据核字(2019)第 068469 号

火圈

出版发行:东方出版中心
地　　址:上海市仙霞路 345 号
电　　话:(021)62417400
邮政编码:200336
经　　销:全国新华书店
印　　刷:昆山市亭林印刷有限责任公司
开　　本:890mm×1240mm　1/32
字　　数:108 千字
印　　张:4.5
版　　次:2019 年 6 月第 1 版第 1 次印刷
ISBN 978-7-5473-1454-8
定　　价:28.00 元

目　录

沈石溪作品

雨街作品

袁博作品

沈石溪作品

沈石溪

本名沈一鸣，著名儿童文学作家，被誉为“中国动物小说大王”。曾任云南作家协会副主席、上海作家协会理事。现为中国作家协会会员，全国儿童文学委员会委员。20 世纪 80 年代开始从事文学创作，擅长写动物小说，已出版 500 多万字作品，作品充满哲理，风格独特。曾获中国作家协会全国优秀儿童文学奖、中国图书奖、冰心儿童文学新作奖等四十多种奖项。作品多次入选中小学新课程标准教材，并被译成英、法、日、韩等多国文字，深受广大青少年读者欢迎。

火　圈

沈石溪

哈雷是一只两岁的雄虎，聪明伶俐，到阳光大马戏团只有半年多时间，就学会了高台跳跃、走跷跷板、龙虎斗等好几个节目，很受观众欢迎。高导演想让哈雷学一个新节目：钻火圈。所谓钻火圈，就是做一个直径为一米半的大铁圈，竖在离地面约一米高的铁架子上，空心铁杆里灌满易燃的油脂，驯兽员用火把点燃铁圈，霎时间烈焰腾空，驯兽员一声令下，威风凛凛的老虎从燃烧的铁圈里蹿越而过。英国皇家大马戏团和俄罗斯国家大马戏团都有这个节目，十分叫座。这节目看上去很惊险，熊熊燃烧的火焰似乎要把老虎吞噬了，其实蹿越火圈只是一个短暂的瞬间，绝不会灼伤虎皮或烧焦虎毛。但所有的野兽天生都怕火，要让老虎克服对火的畏惧，勇敢地从烈焰中钻过去，并非易事。据统计，十只接受钻火圈训练的老虎，最多有一只能胜任这个节目。

训练动物演员，一般都采取食物引诱法。饥饿是最好的老师，在饥饿的催逼下，动物会变得十分听话。于是，驯兽员把哈雷关进铁笼子，整整一天不给它喂食。翌日晨，将虎笼搬到专门训练动物用的一条狭窄甬道，甬道的中间支着燃烧的铁圈，甬道的另一头驯兽员用铁叉叉着一大块血淋淋的牛排。哈雷想吃到牛排，没有其他途径，只有从燃烧的铁圈蹿过去。在这之前，哈雷钻过空铁圈，纵身一跃，就从铁圈中央蹿了过去，姿势优美，身手矫健，一点也不费力。此时，哈雷已饥肠辘辘，一闻到牛排的血腥味，兴奋得两眼放光，扑到铁圈前，可是，一看到跳动的火焰，一感受到火的热量，立刻就停了下来，掉头后退。驯兽员晃动铁叉上的牛排大声吆喝，哈雷惊恐地颠跳着，委屈地咆哮着，就是不肯接近炙热的火圈。从上午僵持到下午，牛排都变质了，驯兽员也累得精疲力尽，哈雷仍不敢蹿越燃烧的火圈。

高导演失望地说："就像有的人患有恐高症一样，有的老虎患有恐火症，哈雷大概就属于这一类老虎。"

训练动物演员，还有一个高招，就是适当地进行体罚。你不肯听话，鞭子伺候，或者用高压水枪射击，或者关你两天禁闭，看你还敢翘尾巴！但这类体罚，一般只适用于调皮捣蛋的猴子或贪玩不肯专心学习的狗，不适合用在猛兽身上，尤其不能对老虎滥施暴力。老虎生性孤傲，很会记仇，稍有不慎，会闹出大乱子来的。对老虎这样的猛兽演员，通常只能采取温柔政策。

到了傍晚，哈雷已饿得四肢发软，嘴角溢出大量唾沫，再不给它喂食，怕会饿出病来的。高导演只好下令停止训练："算啦，取消老虎钻火圈的节目吧，瞧它见着火就跟见着鬼似的，没希望啦！"

驯兽员老章不大甘心，提议说："要不到圆通山动物园请宋大妈来帮帮忙，或许会起点作用。"

马戏团的动物演员大部分来自动物园，排演节目时若遇到犟头倔脑不听话的角色，便会去动物园请来从小把它们养大的饲养员，动物对从小把它们养大的饲养员有一种特殊的感情，饲养员配合驯兽员一起调教，效果要好得多。

驯兽员老章所说的宋大妈，就是哈雷在动物园时的饲养员。哈雷的妈妈是一只患有心脏病的母虎，产下哈雷后就死了，是宋大妈一手把哈雷养大的。

高导演想了想，点点头说："好吧，那就请她来试一试。"

驯兽员老章跑到圆通山动物园找宋大妈，却扑了个空。三个月前，宋大妈为了给毒瘾发作的儿子筹钱买海洛因，偷了动物园一对小孔雀，拿到花鸟市场去卖，发现后被开除了。驯兽员老章找了好几天，最后在垃圾场找到了正在捡破烂的宋大妈，把她带进马戏团。

宋大妈衣衫褴褛，身上散发出一股垃圾场酸腐的臭味，娇滴滴的女演员纷纷掩鼻躲避。哈雷还没沾染人类社会嫌贫爱富的坏毛病，见到宋大妈亲热得不得了，脖子在宋大妈腿上来回摩擦，还伸出舌头去舔宋大妈脏兮兮的鞋子。宋大妈叫唤它的名字，它就呼噜呼噜从喉咙深处发出一串欢快的叫声，宋大妈伸出黝黑的手抚摸它的脑袋，它高兴得在地上打滚，乖得就像一只大猫。

久别重逢，"母子"相会，情景很是感人。

遗憾的是，将哈雷移到训练甬道，隔着燃烧的火圈，宋大妈大声呼唤，哈雷却又望着明亮的火焰畏缩不前了。

"跳呀，宝贝，我的小哈雷，为了我，你就跳一次吧!"隔着火圈，宋大妈张开双臂做出拥抱状。

欧呜，欧呜，哈雷在火圈的另一边踯躅徘徊，伤心地呜咽着，好像在说，对不起了，我害怕火，我不敢跳。

试了好几次，宋大妈都未能让哈雷蹿越火圈，所有的人都泄气了。高导演掏出十元钱扔给宋大妈，挥挥手说："去吧，去吧，这里不再需要你了!"那不屑的神态和轻蔑的口气，活像在打发叫花子。

宋大妈遗憾地望了哈雷一眼，畏畏缩缩朝马戏团大门走去，走了几步，又踅转回来，怯怯地对高导演说："我……我想起一件事，不知当说不当说，兴许能让哈雷钻那个火圈的。”

“说吧，简单点。”高导演皱着眉头说。

“哦，事情是这样的，哈雷半岁时，我那个不争气的儿子，交上一些不三不四的朋友，开始吸毒。他爹死得早，靠我一个人把他拉扯大，哪有钱供他吸毒呀，他就趁我上班时，把家里的东西偷出去卖，家里几样旧电器和旧家具很快被他折腾光了，只剩下两床旧棉絮几只破碗……”宋大妈说到这里，眼圈泛红，快要哭泣了。

“行了，行了，我们没空听你诉苦。”高导演打断宋大妈的话，没好气地说，“你讲跟哈雷有关的事，其他就不要胡扯了。”

“是是。”宋大妈抹掉眼角的泪珠，接着说，“我心里苦，又不敢对外人说，儿子吸毒不是件光彩的事啊。有时候，我心里憋得慌，就搂着哈雷哭一哭说一说。哈雷从小没有娘，也是我一把屎一把尿养大的，对我可亲了。它不嫌弃我，它愿意听我哭诉。我抱着它哭，它就用舌头来舔我的泪水，像个懂事的儿子在帮我揩泪；我说到伤心的地方，它也会跟着我叹息。你们别笑，我说的都是真话呀。大概有半年的光景，我几乎天天都要搂着哈雷哭一场，哭一哭心里就痛快些。每次我一哭，哈雷准会贴在我身上安慰我。有一次，哦，哈雷满一岁的时候，那天傍晚，动物园关门了，我也打扫完笼舍，准备回家。就在这时候，我那个不争气的儿子毒瘾发作，跑到动物园里来找我要钱。我说没钱，他晓得我这天刚领薪水，就动手来抢。唉，吸毒的人，一旦毒瘾犯了，没有廉耻，没有天良，连亲娘都要抢的啊。我捂住口袋不让他搜，这是我的活命钱，给他抢了去，我怎么活呀！他……他就动手打我，揪住我的头发拼命往铁笼子上撞。我这是作的什么孽呀，一把屎一把尿把他养大，二十几岁的大小伙子了，不指望他挣钱来孝敬我，也不该像冤家一样来打我呀。我越想越悲伤，忍不住放声大哭起来。我和我那个不争气的儿子就在虎笼外厮打，与哈雷隔着一层铁丝网。我一哭，哈雷在笼子里吼了起来。天还没有黑，我看得清清楚楚，它眼睛睁得比铜铃还大，张着大嘴巴，朝我不争气的儿子咆哮。唉，哈雷当时如果能撞开铁笼冲出来就好了，啊呜一口咬死我那个不争气的儿子，倒也干净，我也就不会沦落到今天这个地步了，他也不会因为贩毒被判个无期。我那个不争气的儿子听到威风凛凛的虎啸，愣了愣，揪住我头发的手也松开了，可瞄了一眼铁丝网，朝笼子里的哈雷呸地啐了一口，又扭住我的胳膊来掏我的口袋。他肯定是这么想的，老虎虽然厉害，但此时关在笼子里，就等于是只纸老虎，没什么可怕的。这时候，哈雷大吼一声扑了过来，重重撞在铁丝网上，跌翻后，爬起来又不顾一切地扑蹿上来，爪子撕抓，虎牙啃咬，把铁笼子摇得哐啷哐啷响，好像马上就要散架了。我那个不争气的儿子到底害怕了，放开我转身逃跑了。我开了锁跑进铁笼子一看，哈雷满脸都是血，左脸给铁丝钩破，嘴唇也裂开一道口子，左前爪第二个指甲也断了半截，我赶紧替它擦洗伤口，抱着它痛哭了一场。哦，我说的都是实话，你们不信可以看看哈雷身上的伤疤。

驯兽员老章去检查哈雷的脸，发现哈雷的嘴唇上果然有一道隐约可见的裂纹，翻开虎脸上的毛丛，确有一条粉红色的疤痕，再抬起它的左前爪，第二个指甲也比其他指甲要短了一点。

"你的意思是说，要是你哭泣，哈雷会钻火圈?"高导演上下打量宋大妈，很不信任地问道。

"我想大概是这样的吧。"宋大妈没什么把握，说得也不肯定。

"那就试试吧。不过，十有八九是天方夜谭。"高导演说。

重新来到狭窄的甬道，重新点燃火圈，重新将宋大妈和哈雷相隔在甬道的两端。

宋大妈身世凄苦，根本不需要酝酿感情，眨巴眨巴眼睛，眼泪的闸门就打开了，伤心地嘤嘤哭泣。

不可思议的事情发生了，哈雷本来是懒洋洋侧身躺卧在甬道尽头的，宋大妈的哭声一起，它就倏地翻爬起来，虎耳陡然竖得笔直，耳廓颤抖扭动，双眼圆睁，闪动着幽蓝的光，脸上的虎毛可怕地蓬松开来，它张开血盆大口，露出四枚尖利的虎牙，急步奔到铁圈前。铁圈燃着橘红色的火苗，火花发出哔哔啵啵的声响。它后退了两步，在火圈前不断地来回奔跑，似乎是要寻找不用钻火圈就可以到宋大妈身边的其他路径。它当然是找不到的。

宋大妈大概是想到了最悲惨的往事，一屁股跌坐在地上，号啕大哭起来："我的儿啊——哈雷——我的儿啊——"

就像战士听到冲锋号，船长听到汽笛声，运动员听到发令枪声，哈雷虎尾猛地一抡，朝火圈龇牙咧嘴怒吼一声，纵身一跃，姿势矫健优美，刹那间蹿越火圈，来到宋大妈跟前，用舌头帮她揩拭眼泪。

高导演迷惑不解地搔搔脑壳说："真是怪事，再试一遍。哦，把火弄大一点。"

按照循序渐进的训练原则，刚开始铁圈只灌了少量油脂，十几个火孔燃烧着十几朵不大不小的火苗，烧得不够旺，铁圈中央没有火。按高导演的吩咐，几名工人重新给铁圈灌了油脂，十几个火孔也从小档扭大到中档。点燃后，大片大片的火焰遮住了整个铁圈，就像蒙着一道火帘。宋大妈一哭，哈雷照样毫不犹豫地穿过火帘冲到宋大妈身边。又试了一次，将铁圈灌满油脂，火孔扭到最大一档，火焰熊熊燃烧，呼呼有声，就像一道厚厚的火墙。宋大妈哭声再起时，哈雷短暂地犹豫了一下，又勇敢地撞开火墙扑到宋大妈身边。

钻火圈的训练大功告成，可以搬到舞台上去演了。

高导演对宋大妈说："好吧，你就算我们雇的临时演员，我在舞台上给你搭一个屏风，演这个节目的时候，你躲在屏风后面哭一哭。哦，我一个月付你三百元，怎么样？"

宋大妈想了想，摇摇头说："三百块，还不够吃饭呢。我捡破烂每个月还能挣三百块哩。总不能说我当了马戏团的演员，还要上街去捡破烂，我倒不怕寒碜，怕是会丢了马戏团的脸面。"

"你说要多少？"高导演不悦地问。

"我一个孤身老婆子，一日三餐，粗茶淡饭，花费倒不多，可我那个不争气的儿子，关在监狱里头，虽说毒瘾发作时丧尽天良，为了钱开口骂我、动手打我，但怎么说他也是我身上掉下来的肉啊，每个月总得去看他两次，当然不能空着手去。"宋大妈唠唠叨叨地说。

"行了，别叹苦经了，你想要多少，说嘛！"高导演眉心拧成了疙瘩，很不耐烦地说。

"一千。"宋大妈瞄了一眼卧在她身边的哈雷，咬咬牙说。

高导演的脸垮了下来，圆脸变成了长脸，心想，这不是存心在敲诈吗？马戏团正式演员月工资也才一千块左右，你这个捡破烂的老婆子，就哭那么两声，值那么多钱吗？

"好了，你先回去，我们研究一下再通知你。"高导演说。

宋大妈刚走，高导演就找来几位女演员，重新点燃火圈，让她们哭。高导演心想，不就是几声哭泣嘛，有什么了不起，哭哭笑笑本来就是演员的拿手好戏，假如这几位女演员的哭声也能让哈雷钻火圈，那就不用花这个冤枉钱去雇宋大妈来当临时演员了。一切都布置得跟刚才宋大妈在的时候一样，只是把铁圈的火焰扭到了低档，以方便哈雷穿越。高导演一声令下，女演员嘤嘤呜呜哭泣起来，哈雷只是竖起耳朵朝火圈这边看了看，又懒洋洋地躺卧在地。"哭响一点，再响一点!”高导演说。女演员们放声号啕大哭，遗憾的是，哈雷就像聋了一样，慢条斯理地用舌头梳洗自己的爪子。“哭得伤心一点，哦，要哭出感情来。”高导演就像在排练节目一样不断提示女演员，“不要假哭，要真哭，想想你们遭遇过的悲惨和不幸。哦，钱包被偷了！哦，被男朋友抛弃了！哦，分房名单中没有你！悲恸欲绝，痛不欲生!”女演员们果然越哭越伤心，涕泗横流，差不多快哭晕过去了。凄凄惨惨，悲悲戚戚，马戏团快变成殡仪馆了。可恼的是，哈雷仍无动于衷，躺在地上伸了个懒腰，竟然闭起眼睛打瞌睡了。高导演摇头叹息，不得不下令停止试验。

哈雷只对宋大妈的哭声有反应，换句话说，只有宋大妈的眼泪才能让哈雷克制对火的恐惧，从熊熊燃烧的火圈中穿越过来。没办法，高导演只好依照宋大妈提的条件雇她来当临时演员。虽然一个月付她一千块有点心疼，但比起老虎钻火圈这个节目所带来的经济效益，对马戏团来说毕竟还是很划算的事。

一位动物行为学家是这样解释这件颇为蹊跷的事的：“解剖学证明，老虎半岁到一岁，是智力发育的高峰期，也是培养行为模式、行为特征最重要的年龄段。对动物来讲，一旦养成某种行为模式和行为特征，终其一生都不会逆转。宋大妈恰巧是在哈雷半岁至一岁这个关键年龄段生活中遇到了不幸，天天搂着哈雷哭泣；宋大妈的哭声已深深镌刻在哈雷的脑子里，在经常性的强刺激作用下，随着哈雷大脑发育，这种刺激在大脑皮层变成一个类似于病灶的敏感点，一旦触动这个敏感点，就会使行为机制产生连锁反应，也就是无论如何它也要到宋大妈身边，做出表示安慰的举动。就像一把钥匙开一把锁，只有宋大妈的哭声才能触动这个敏感点，形成条件反射，引起哈雷中枢神经的高度兴奋，抑制住对火的恐惧。”

宋大妈对这件事却有她自己的解释：“哈雷是只通人性的老虎，

看我这个孤老婆子可怜，在报答我对它的养育之恩哩。”

宋大妈收入颇丰，又很节俭，日子变得好过起来，添置了新家具和新衣裳，穿戴整洁干净，脸色也滋润了许多。碰到街坊和熟人，问起她的境况，她便笑眯眯地说：“托老天爷的福，养了个孝顺儿子，每月给我一千块钱养老哩。”

宋大妈的亲生儿子还在监狱里头，她说的儿子，就是老虎哈雷。

老马威尼

沈石溪

云南多山，交通不便，边远地区，运送货物，全靠畜力，故而马帮盛行。

其实，与其称为“马帮”，还不如称为“骡帮”更确切些，因为即使是一支有几十匹脚力的马帮，也只有一两匹马，其余的都是骡子。骡子是马和驴的杂交，体格普遍比马大，虽不及马奔驰如风，但耐力强，善于在陡峭的山路负重驮远，不像马那么挑嘴，半筐青草一块豆饼即可喂饱，成本比养马低廉得多。因此，工于算计的马帮头，都愿意要骡子。

但一支马帮，无论大小，不能清一色都是骡子，起码要有一两匹马。骡子在其他方面虽然都比马强，但胆量却奇小。在荒山野岭里行走，免不了会遭遇危险，骡子反应迟钝，更缺乏应付危机的胆魄和智慧，非要马带头奔逃，骡子才会跟着马一起逃命。马在关键时刻是骡子的主心骨。

老马威尼就是一匹杰出的头马，在我们曼广弄寨子的马帮里已服役了十多年。据马帮头召光甩说，威尼曾两次救了马帮。第一次是马帮在打洛江边歇息打尖，刚卸下驮鞍，一公一母两只大狗熊从江边的一片芦苇丛里跃出来，骡子都吓得趴在地上起不来了，等着狗熊来宰割；威尼嘶叫着，举起前蹄朝狗熊猛踢，独自和两只大狗熊周旋了十来分钟，坚持到赶马人闻讯赶来。第二次是马帮过流沙河，踩着齐腿儿深的河水刚来到河中央，突然，上游传来如雷轰响，正值汛期，洪峰就要到了，高山峻岭，河床陡峭，一眨眼的工夫，河水就猛涨到一米多深，淹没了骡马的脊背。这还是洪峰在小试锋芒，要不了几分钟，排浪就会铺天盖地飞流直下，像恶魔似的将一切都吞噬掉。骡子都慌了神，任凭赶马人怎么吆喝，怎么鞭赶，也只在原地陀螺似的旋转，关键时刻，又是威尼嘶鸣一声，鬃毛飞扬，水花四溅，拼命朝对岸奔去，榜样的力量是无穷的，骡子们就像黑夜里迷失方向时抬头望见了北斗星一样，跟着威尼迅速登上了岸，回头望时，河中央已是浊浪翻滚，一片汪洋。

我被调进曼广弄寨马帮队时，威尼已牙口十八。女人十八一朵花，老马十八豆腐渣。它酱紫色的皮毛褪尽了光泽，鬃毛斑驳，脊梁凹陷，像一弯缺乏美感的下弦月，眼睛里不断分泌出浊黄的眼屎，招引得一群苍蝇老在它马脸周围飞舞，就像一串行星有规律地绕着恒星运转一样。它不仅模样憔悴衰老，腿力也不行了，别说驮沉重的货物，就是一架木制的空货鞍放在它背上，它走长了也会四腿打战。但召光甩仍舍不得它“退役”，他说：“有威尼在，我心气儿就壮，再凶险的路途，我也敢走。它不能驮东西，就让它空着身走。”

春天是马帮运输的繁忙季节，我们启程将一批景德镇瓷器送往勐捧。中途翻越嘎农山。这是一座喀斯特地貌的石山，悬崖峭壁间凿出一条宽仅一米的羊肠小道，长约一里，地势十分险峻，左边是百丈深渊，右边是笔陡的绝壁，就像悬空走钢丝一般，诨名就叫鬼见愁。别说骡马了，人在上面走也会心惊胆寒。好几匹骡子涌在鬼见愁路口，畏畏缩缩，怎么推也不敢上前。召光甩牵着威尼走进鬼见愁，骡子们才战战兢兢地跟上来。

威尼不愧是一匹富有经验的头马，神态安详，不急不躁，一步步顺着羊肠小道往前走。它的稳健谨慎，就像高效镇静剂，使整队骡马的情绪平稳得就像在平坦的草原上消闲溜达。很快，我们就要走完一里的险途了；召光甩牵着威尼，只差几步就跨出鬼见愁了。就在这时，路口突然刮来一股阴风，还混杂着一股浓烈的腥臭，我就跟在威尼身后，看得清清楚楚，它荒草般芜杂的鬃毛倏地竖直起来，耷落在股间的尾巴唰地举平，马头砰地弹高，浑浊的马眼骇然发亮，干皱的上下嘴唇洞开错位，显然，它发现了让它极度惊恐的危险，正要高声嘶鸣报警呢。我的心陡地提到了嗓子眼，它一嘶鸣，背后唯马首是瞻的三十多匹骡子肯定乱成一锅粥，会掉头夺路奔逃。它们驮着又高又大的货鞍，别说掉头了，稍一转身，货鞍就会抵在绝壁上，不可避免地被弹出羊肠小道，摔下深渊。混乱中，还极有可能把夹在中间的几位赶马人也挤下悬崖去呢！马帮头召光甩眼疾手快，一把拉住缰绳，勒紧辔嚼，强迫威尼将涌到舌尖的嘶鸣声咽了下去。

鬼见愁出口处的茅草丛里，闪过一片斑斓，幽暗的草丛深处，一双贪婪而又饥渴的铜铃大眼，射来两道坚硬锐利的光。

哦，前头有一只拦路虎！

我们的处境极其危险，退是不可能退回去的，虽然带着几支猎枪，却不敢用，枪声一响，骡子就会受惊炸窝，后果不堪设想。

威尼扭着脖子，踢蹬前腿，出于一种本能的恐惧，竭力想转身退却。跟在后面的骡子们虽然并不知道究竟发生了什么事，但从老马威尼惊慌失措的表情和动作中，感受到某种威胁正在逼近，都不约而同地停了下来，扬鬃翘尾，惶惶四顾。

一群惊弓之鸟。大厦即将倾倒。千钧一发的危急关头。

召光甩用胳膊搂住马脖子，竭尽全力让它保持安静。他的手在它的脊背和胸前来来回回抚摸着，人脸贴着马脸，一遍又一遍地摩挲。“我的威尼，哦，我的老威尼，哦，我的好威尼，现在，只有你能救整个马帮了。你是一匹忠诚的好马，你知道现在该怎么做。我只能指望你了，我的好威尼。”他附在威尼的耳边深情地说着。说也奇怪，老马威尼好像听得懂召光甩的话，情绪慢慢平静下来，不再要扬鬃嘶鸣，也不再要蹦跶转身；它垂下脑袋，凝视着地面，就像哲学家在沉思；它缓缓地重新昂起头来，脸色坚毅沉稳，似乎还隐含着一丝无奈的悲哀。

“去吧，我的好威尼。”召光甩在马屁股上轻轻拍了两掌。

老马威尼眼睛一片潮湿，抖抖鬃毛，迈步向前。我不知道一个生命走向虎口走向深渊走向毁灭走向地狱时会是一种什么样的心情，我只看见，老马威尼小跑着，没有嘶鸣，也没有拐弯，从容不迫地穿过鬼见愁路口那丛山茅草。惨惨阴风和那股浓烈的腥臭味，也尾随着老马威尼渐渐远去。

整个马帮平安地通过了鬼见愁，走下山箐时，这才听见远方传来虎的啸叫和马的悲鸣。

老猴赫尼

沈石溪

赫尼是耍猴人岩鸣豢养的一只猴子。岩鸣带着赫尼在江湖上闯荡了二十来年，走村串寨，从一个码头漂泊到另一个码头，靠赫尼在街头表演一些钻火圈、推小车、翻跟斗之类的猴戏，混一碗苦饭吃。据岩鸣说，赫尼是只极其聪明的猴子，一个新节目只要教上三五遍，就会了，一般的猴子要教三五十遍才教得会。但赫尼野性太重，具体地说，就是无时无刻不在思量逃跑。岩鸣说已记不清赫尼究竟逃过多少次了，起码不少于一百次。有一次，赫尼脖子上被蝎子蜇了一口，岩鸣解开拴在它脖子上的铁链给它上药，它趁机从岩鸣的怀里挣脱出来，从窗口跳出去，就往屋后的林子里逃，幸好我栽完秧提着一只空箩筐回寨子，恰巧路过岩鸣家的窗下，眼疾手快将赫尼扣在箩筐下，才避免了一场猴子胜利大逃亡。还有一次，表演攀爬高杆，当赫尼爬到杆顶时，不知怎么搞的，攥在岩鸣手里的铁链子突然滑脱了，机灵的赫尼将柔软的竹竿弯曲成弹弓状，猛地一跳，身体轻盈地向对面那棵独木成林的老榕树弹射过去，就在它越过十来米宽的空间，两只爪子就要抓住树枝的一瞬间，树冠上一只受惊的鹭鸶扑棱起飞，惊慌失措间对准赫尼的脸飞过来，飞禽走兽在空中撞了个满怀，赫尼摔到地上，扭伤了腿，这才没有逃成。

岩鸣像所有的耍猴人一样，用饥饿、鞭笞、戴脚镣等手段，企图磨灭赫尼叛逃的野性，可什么方法都用尽了，效果却微乎其微。没办法，只好把那根细铁链永远拴在它的脖子上。

我到曼广弄寨插队的第四年，岩鸣因为长年累月风里来雨里去的，患了严重的关节炎，行走困难，而且他年纪也大了，不能再外出耍猴。他本想把赫尼卖了，但赫尼也老了，脾气又倔强，动不动就想逃跑，问了几个耍猴人，没人肯要。养在家里，白吃闲饭，糟蹋粮食。于是，岩鸣就请我帮他把赫尼带到勐巴娜西森林里去放生。他噙着泪抚摸着赫尼的脑袋说："老伙计，你一辈子做梦都想回森林里去，我就成全了你，让你也过个自由自在的晚年。"

我牵着赫尼，走了大半天，来到一个名叫野猴岭的地方，那儿的树林密得就像篱笆墙，钻也钻不通。岩鸣曾告诉过我，二十年前他就是在这里用捕兽天网将赫尼捉住的，那时赫尼才是一只不满一岁的小猴。二十年过去了，小猴赫尼变成了老猴赫尼，没想到，它还认识这块土地，一踏进野猴岭，它就两眼放光，嘴里呜呜呀呀不停地叫唤，显得十分激动。我帮它解铁链，它跳跃冲撞，一副想要尽快挣脱锁链投奔自由的急切表情。我好不容易解开了那条在它脖子上拴了二十年的细铁链，它嗖地爬上旁边一棵大树，快到树梢时，回过头来冲着我龇牙咧嘴地嚣叫一声，准确地说是冲着我手中那根象征着人类统治权的明晃晃的铁链粗暴地嚣叫一声，连奔带跳地钻进树冠不见了。

我并不恼怒它的无理，它无端地被人类囚禁了二十年，被迫服了二十年劳役，是有理由憎恨人类的。但愿它从此以后再不受那奴役的苦，享受正常猴子的生活！

我以为，赫尼回到森林，如愿以偿，就像鱼游回了大海，这辈子是再也见不到它了。做梦也没想到，第三天早晨，我扛着犁铧刚走到寨外那条宽敞的马车路，突然，一棵槟榔树上跳下一只猴子来，拦住了我的去路。我低头一看，简直不敢相信自己的眼睛，竟然是赫尼！

才分别两天，赫尼看上去像老了两岁，蓬头垢面，背上的毛被树脂草浆粘成一绺一绺，鼻子皱得像只苦瓜，眼角布满浊黄的眵目糊，憔悴消瘦，邋遢肮脏，落魄潦倒，活像个猴中乞丐。

这时，马车路上又陆陆续续过来十几个荷锄挑担准备下田劳作的村民，都知道赫尼的身世，都惊讶赫尼怎么又回来了，围成一圈看稀罕。

赫尼突然前爪撑地身体倒立，沿着人圈绕了一周，接着，它爬上挺拔的槟榔树，两条后腿勾住光滑的树干，刺溜从树梢快速滑下地来，又从一位看热闹的姑娘手中抢过一只空箩筐，在场子里蹒跚推行。

哦，它这是在要猴戏呢！

表演完倒立行走、攀爬高杆和推小车等节目后，赫尼翻着手掌，做出一副乞讨状，不断地向围观的人群磕头作揖。一位大嫂丢给它一根苞谷，它狼吞虎咽地啃起来，不仅把玉米粒吃了个干净，还把苞谷芯也吞了下去。我这才发现，它肚子空瘪瘪的，显然饿极了。

我的脑子里出现这样一幅图景：三天前，老猴赫尼被赦免放回野猴岭，它满怀喜悦地扑向大自然的怀抱，尽情享受自由，享受阳光和空气，可幸福仅仅维持了半天，便产生了新的烦恼。它从小被岩鸣驯养，早已养成了一套固定的生存模式，那就是表演猴戏，取悦观众，伸手乞讨，填饱肚子。这是它二十年来唯一的觅食方式，习惯成自然，已无法更改了。当天傍晚，它肚子饿得咕咕叫，可茫茫森林，它不知道该到哪里去找食物，也不知道怎样才能找到食物。

它又坚持了一天，自由不能当饭吃，对它来说，混饱肚皮活下去，似乎比自由更宝贵更重要。它饥饿难忍，实在难以再坚持下去，只好重新回到曼广弄寨，回到它所憎恶的人类身边。

不知是谁将老猴赫尼回来的消息告诉了岩鸣，老人拄着拐棍提着那条明晃晃的细铁链颤巍巍地从寨子走出来，挤开人群，来到赫尼面前，噙着泪花说："我晓得我的老赫尼是舍不得离开我的。唔，回来就好，赶明儿，我病好了，我们再一起去闯码头。"

我十分注意老猴赫尼的反应，它并没有因为看见老主人而产生激动欣喜的表情，它那张皱褶纵横的脸没有任何变化，眼光呆滞，麻木不仁。当它的视线移到岩鸣手中提着的那根细铁链时，目光才像火焰似的跳了一下，它缓慢地爬到岩鸣身边，双手抓起铁链，用混杂着讨厌与欢欣、恐惧与喜爱的十分复杂的眼光久久凝视着那根拴了它整整二十年的铁链子，突然，它仰天发出一声灵魂撕裂般的嚎叫，闭起眼，将铁链子缠绕在自己的脖子上。

它一次又一次地逃跑，一辈子都在努力解脱锁在它脖子上的铁链，为此，它遭叱骂挨鞭笞受尽折磨，可当命运之神将它脖子上的铁链摘除了，仅仅三天，它却主动把铁链又缠在了自己的脖子上。唉，猴啊猴。

和平豹

沈石溪

等我听到鬼河上游传来如雷的轰鸣声，想跑，已经来不及了，汹涌的泥石流已顺着倾斜的河床，以每秒七八米的速度滚滚而来。

鬼河是戛洛山深处一条地势险峻的河，平时没有水，宽宽的河床布满大大小小的石头，疏疏朗朗长着一些狗尾巴草，干枯荒芜。鬼河之所以叫鬼河，是因为每隔一两年，便会爆发一场泥石流，把河床里所有来不及逃跑的生命都毁灭掉。我是一个人摸到鬼河来挖恐龙蛋的化石的，没想到正撞见一场罕见的泥石流。唉，流年不利，真是倒霉透了。

我看到泥石流时，刚巧在河床左侧双驼峰的磐石下，我虽然离左岸较近，但左岸是几十丈高的绝壁，只有蜥蜴才爬得上去；右岸倒是斜斜的山坡，但距离我所站的位置有一百来米，要绕过双驼峰，河床里又都是圆溜溜的鹅卵石，走起来一脚高一脚低就像在跳芭蕾，是不可能抢在泥石流将我淹没之前逃上右岸山坡的。完全是出于一种无奈，我扛起鸭嘴锄，紧跑几步，抓住粗糙的石棱，手脚并用，爬上双驼峰的后峰磐石。

这是鬼河中央两块突兀的巨石，一前一后，形似双峰骆驼的两座驼峰，隆出地面约四五米高，顶端有一张乒乓球桌那么大，上面光秃秃的，寸草不长，裸露的石面风吹雨淋，烈日暴晒，布满了赭红色的锈块。

我爬上后峰磐石，朝前望去，冷不防视线撞在一只豹子身上。

这是一只成年金钱豹，体格硕壮，缎子般的金色皮毛间，镶嵌着一圈一圈褐色的钱状环斑，腹毛乳白，尾巴几乎和身体一样长，黑黄相间，显得威风凛凛。它趴在前峰磐石顶上，盯着呼啸而来的泥石流，铜铃大眼里透着惊恐不安。它的四只脚爪和腹底那片白毛涂着红色泥浆，很明显，它也跟我一样，是为躲避泥石流跳到双驼峰上来的。

前后两座驼峰相距二十来米，泥石流已蔓延到磐石脚下了，并迅速地一寸寸升高。热带雨林里的泥石流，和西藏冰川地带的泥石流，完全不同。西藏冰川地带的泥石流，像个沉着的巨人，稠密厚实，流体如黏稠的糨糊，流速缓慢，而热带雨林的泥石流，像个热情好动的孩童，稀薄如水，流速极快，泥浆翻卷着巨石和大树，如万马奔腾，气势恢宏。一旦掉进泥石流里，任你是游泳健将、举重冠军，也立刻会被吞噬得干干净净。这就是说，我和那只金钱豹虽然近在咫尺，但中间有泥石流隔绝着，好比一道不可逾越的天堑，它是无法伤着我的，但我仍觉得脊梁冷飕飕的，头皮发麻，有点后怕。要是我看见泥石流时，选择了从前峰磐石往上爬，岂不是把自己送进豹口了吗？我是出来挖恐龙蛋化石的，没带猎枪，仅凭肩头的一柄锄头和插在绑腿上的一把匕首，与一只身强力壮的金钱豹搏杀，是没有任何赢的希望的。

这时，我听见双驼峰下传来咩咩的叫声，举目望去。嚯，是一头小山羊，正在泥石流前狂奔；它头上刚刚长出两支笋尖般的稚嫩的羊角，看模样牙口还不满一岁，雪白的羊毛裹满了泥浆，看上去就像是一头用红泥巴捏出来的玩具羊；泥石流已淹到它的膝盖，它的四只羊蹄在泥淖里拼命蹦跶着，竭力想赶在泥石流把它淹没之前找到个安全的藏身之处；泥石流一浪高过一浪地朝它撞击，它摇摇晃晃已快支持不住了；突然，它一拐头看见了双驼峰，惊恐的眼里闪着热切的光，咩咩叫着，紧跑几步，飞身一跃，跳到前峰磐石上；一块足足有八仙桌那么大的石头被厚厚的泥浆挟裹着，擦着它的羊蹄滚了过去；它温柔地舔舔石缝间的青苔，大概是在暗自庆幸自己终于逃脱了劫难吧。突然，我看见小山羊浑身一阵战栗，背上的羊毛一根根竖起来，哦，它看见那只金钱豹了，豹是山羊的天敌，它吓得灵魂出窍了；金钱豹也抻直色彩斑斓的脖子，打量瑟瑟发抖的小山羊；小山羊栗色的瞳仁里闪动着惊骇的光，几次曲腿收腹做出要跳离前峰磐石的动作，但总也没跳起来——磐石底下的泥石流像物价似的一个劲往上涨，已涨到一米多高，名副其实的死亡大陷阱。它无路可逃，只好低头曲腿，亮出头顶那对蘑菇似的稚嫩的羊角，不断向金钱豹晃动，摆出一副困兽犹斗的姿态。

唉，我在心里叹了口气，可怜的小山羊啊，别说你的角嫩得连树叶都无法捅穿，就是换一头两支羊角锋利如匕首的老公羊，也绝对不是金钱豹的对手。从亘古时代起山羊就列入豹子的食谱，至今起码也有几百万年，精湛的吃羊技艺，早已融化在豹的血液中，成为一种不可磨灭的遗传基因。我曾亲眼目睹过金钱豹杀羊，豹子旋风般地扑到山羊面前，伸出犀利的豹爪，一个耳光甩过去，羊便成了歪脖子，羊角立刻失去作用，然后豹子骑上羊背，血盆大口衔住羊的后脖颈，轻轻一拧，羊就魂归西天命丧黄泉，变成一堆任豹宰割的肉。迅疾、利索、干净，整个过程只有十几秒钟，人类中再高明的职业屠夫，也会自愧弗如的。

我敢断言，这只小山羊是死定了。

我想，金钱豹会条件反射般地跳跃起来，扑向小山羊。想不到的是，豹子见小山羊突然出现在它面前，只是扭过头来看看，黑色唇吻边银针似的长长的胡须撇向两边，微微有点吃惊而已，并没站起来，也没张开血盆大口朝小山羊恫吓；长长的豹尾向空中一抡，绕出一个圆圈，圆圈缓慢地从尾根滑向尾尖，然后金钱豹扭转头去，继续观察泥石流，那神态似乎是在说：我对你不感兴趣。

我从未听说过有不吃羊的豹子，我想，这只豹子一定是肚子不饿，知道这只小山羊插翅难逃，早晚都是自己的食物，没必要急急忙忙，所以想留着饥饿时再吃，活杀活吃，味道更鲜美。

一个小时过去了，两个小时过去了，已近黄昏，天色微暗，金钱豹仍没有要扑咬小山羊的意思。

倒是小山羊长时间地摆着一副用犄角格斗的姿势，长时间地绷紧心弦也绷紧肌肉，累坏了，实在坚持不下去了，便收起羊角，放松身体，躺卧下来；它尽量往磐石边缘靠，大概是想离危险远一点吧。

和平共处，倒蛮有意思的呀。

这时，泥石流的第二个洪峰到了，浑浊的泥浆越升越高，双驼峰变成了汪洋中的两个孤岛，要命的是孤岛的面积还在不断缩小，由一张乒乓球桌减少到只有半张乒乓球桌那么大了。本来小山羊与金钱豹之间还隔有三四米的一段距离，被泥石流的洪峰一逼，小山羊只好万般无奈地往金钱豹身边靠去，几次下来，三四米的那点安全距离很快就没了，羊屁股差不多快贴到豹尾巴上了。现在，金钱豹要吃小山羊，已无须再费精神地扑咬了，只需扭转脖子即可叼着羊肉，奇怪的是，仍没出现宰羊的场面。或许，泥石流太凶险，豹子觉得自己的性命尚且吊在刀尖上，暂时没有猎杀兴趣，也没有食欲吧。

澎湃的稀泥浆不断裹挟着一棵棵大树，从上游冲撞过来，就像木杵撞钟似的，撞得双驼峰前峰磐石咚咚作响。随着泥石流上涨，大树也越漂越高，几与磐石顶形成水平线。突然，一棵两围粗的香樟树被一个巨大的泥浪托举着，树冠一颠，颠上了前峰磐石顶，树冠像把巨大的扫帚，被涌动的泥浪推搡着，慢慢扫过磐石顶。我想，金钱豹和小山羊会像垃圾似的被树冠扫下磐石顶，掉入泥石流。

金钱豹处在小山羊前面，首当其冲，被树冠逼着，一步步后退，眼看快退到磐石边缘了，这家伙突然威风凛凛地大吼一声，咬住一根树枝，拧着脖子，拼命朝前推；我没想到动物也有这么高的智慧，紧急关头想出办法为自己排忧解难；只可惜香樟树太大了，金钱豹虽然力大无穷，和香樟树的较量也才打了个平手，只能做到不让香樟树继续靠近，而不能将香樟树推开；小山羊惊恐不安地注视着金钱豹，它似乎意识到了金钱豹这场与树的较量，也关系到自己的安危，它突然咩地叫了一声，一步挤到金钱豹身边，用两支短短的羊角抵住树干，四条羊腿绷直，朝前拱动；香樟树极不情愿而又无可奈何地慢慢退却，终于轰隆一声滑落到泥石流里去了，一场险情在豹和羊的齐心协力下，被彻底排除了。

天黑时，泥石流势头开始减弱。天阴沉沉的，又没有月亮，黑得像一团化不开的墨，伸手不见五指，虽然我和金钱豹、小山羊相距二十来米，但我什么也看不见了。我想，最大的危险已经过去，经过大半日的忙碌，尤其是经过与香樟树的那场拼搏，金钱豹肯定已饥肠辘辘。天又那么黑，风又那么高，风高好放火，天黑好杀羊嘛，明儿一早，前峰磐石大约只看得见金钱豹和一堆白花花的羊骨了。

我不知自己是什么时候睡着的，一觉醒来，天已大亮。亚热带的气候，变幻莫测，昨夜阴霾，今晨却云破天开，红日高照。我醒来后的第一眼，就往前峰磐石看，我敢说我看到了世界上独一无二的镜头：

金钱豹侧躺着，已经醒来，一抹霞光照在它华丽的豹皮上，金光闪闪，美得无与伦比；小山羊蜷在金钱豹的怀里，头枕在豹子的臂弯里，睡得那么安详恬静，羊脸柔和得就像被太阳晒暖的池塘，看得出来，它正在做一个彩色的梦；金钱豹不时伸出舌头，温柔地舔舔小山羊的额头，舔掉泥巴，舔白卷曲的羊毛。

可惜，我没有照相机，不然的话，我把金钱豹和小山羊这个相亲相爱的镜头拍下来，绝对轰动全世界。

我心里涌起一丝愧疚，我一直把金钱豹看成是杀羊不眨眼的刽子手，把它看成是吃羊不吐骨头的恶魔，事实证明我错看这只金钱豹了，它是和平的象征，它是只名副其实的和平豹！

或许，这只豹子过去在山林里经常猎食山羊，但丝毫也无损于它现在美好的和平形象，我想。

一缕玫瑰色的阳光像根纤细的手指，轻轻撑开了小山羊的眼皮。小家伙一骨碌爬起来，眨巴着那双天真无邪的羊眼，有点惊讶自己怎么会躺在豹子怀里，但它惊讶的表情就像流星一样一闪就过去了，它平静地跨前一步，将颌下那束短短的山羊胡须在豹脸上磨蹭了几下，大概是在用山羊特有的礼仪表达一种感激之情吧。

一直到中午，金钱豹和小山羊都相处得挺融洽。

亚热带雨林中的泥石流来势凶猛，去得也很快，日头偏西时，已退了一大半，大约只有半米来深了。我发现，金钱豹烦躁不安地在磐石顶踱来踱去，不时朝鬼河右岸的山林瞭望。我猜想，它耐不住饥饿，等不到泥石流退尽，就想逃离这座孤岛，回老林子里去了。果然被我猜中，豹子突然轻吼一声，纵身一跃，从磐石上扑通一声跳进泥石流里，泥花四溅。这时候泥石流已像是被戴了辔嚼、套了缰绳的野马，野性顿失，疲软不堪，流速十分缓慢，且不再能裹挟

巨石和大树，已不再有什么危险。金钱豹大半个身体浸泡在泥浆里，只有脑袋、脊梁和那条尾巴露在外面。孤零零留在前峰磐石顶的小山羊犹豫了一阵，也跟着金钱豹扑通跳了下去，它比金钱豹要矮一些，只有羊头露在泥浆外。金钱豹稳当当地朝前走了几步，小山羊想跟上去，但它体小力弱，似乎很难蹚开已经半凝固了的黏稠如粥的厚泥浆，才走了两步，便闪了个趔趄险些摔倒，它咩地发出了告急与求救。金钱豹回转身望了望小山羊，倒退了几步，将旗帜似的竖在半空的那条黑黄相间的长长的豹尾奄落下来，落到与脊梁平行，绕了个花结，尾尖送到小山羊的嘴里；小山羊一口叼住，就像叼住了一只救生圈，身体平稳了，还得到了一股强大的牵引力。金钱豹在前面开路，强壮的身躯像破冰船似的冲开厚泥浆，豹爪扒开那些挡路的石头，翻过一棵棵横在面前的大树，向右岸的山坡奋力前进。

夕阳嫣红，给金钱豹和小山羊涂抹了一层瑰丽的色彩。

我激动得热泪盈眶，面对泥石流，一个食肉兽，一个食草兽，变天敌为朋友，化干戈为玉帛，互相帮助，互相搀扶，团结一心，战胜灾难，死里逃生，这是多么伟大、罕见而又弥足珍贵的和平景象啊！我再次为自己没有照相机而深感可惜。

它们终于登上了右岸，我看见，金钱豹在地上轻轻跃了几跃，似乎有点不相信自己真的站在坚实的山坡上了。小山羊在茵茵绿草地上打滚磨蹭，大概是要把粘在身上的泥浆擦干净。过了一会儿，它们都从死里逃生的激动与喜悦中平静下来，默默地相对而立。我想，很快又会出现一幕依依惜别的动人情景。我看见，金钱豹昂起了头，豹尾平举，后腿曲蹲，哦，它是要上前与小山羊吻别吧？可我突然心里莫名其妙地抽搐了一下，我有一种朦胧的感觉，金钱豹这个姿势好像不是什么和平的姿势，而是……对，是捕食的前奏，是行凶的预兆。瞧，连小山羊也看出蹊跷感觉出危险了，四蹄轻盈地一跃，转身欲逃，但已经迟了，金钱豹大吼一声，倏地起跳，像座金色的小山，压在小山羊的身上，那张血盆大口，一下就把小山羊的脑袋拧了下来，羊血四溅，那血，在夕阳下红得特别凄艳，特别悲凉。

这是怎么回事？我蒙了，和平豹怎么突然间就不和平了呢？

也许，它本来就是一只杀羊成性的金钱豹，汹涌澎湃的泥石流，不可抗拒的灾难，抑制了它恶的本性；也许，当它被泥石流围困在前峰磐石，孤立无助，恐惧增加了孤独感，孤独感使它越发觉得恐惧，有一个活物陪伴它，减轻了它的孤独感，也就减轻了恐惧，所以它舍不得把小山羊杀来吃；也许，在共同抵御灾难的过程中，它确实把小山羊视为患难与共的朋友，携手奋斗的兄弟；然而，当它渡过了难关，当它证实自己已站在坚实的山坡上，它又恢复了豹子的本来面目，它不再需要慰藉孤独的朋友，也不再需要共同奋斗的兄弟；站在它面前的小山羊，又变成了可以填饱肚子的美味佳肴。

唉，和平的脆弱；唉，脆弱的和平。

会贸易的狐

沈石溪

我是在缅寺（西双版纳一种干栏式结构的庙宇）后面一棵缅桂树下捉住这只小狐狸的。当时我正在寺庙里滴水赕佛，忽听到树下传来嘀叽哩嘀叽哩鸟惊慌的叫声，扭头望去，哦，一只翅膀还没长硬的翠金鸟，从树冠的鸟巢里掉了下来，摔断了腿，在地上扑棱着翅膀爬行呢。我对受伤的小鸟不感兴趣，刚想把视线收回，突然，花坛下一只洞里，钻出一只小狐狸来，蹒跚而行，去捉那只受伤的翠金鸟。我赶紧蹑手蹑脚跑过去，捡起一块砖头堵死花坛下的洞口，手忙脚乱地扑腾了一阵，将小狐狸捉到手了。

这是一只十分可爱的小狐狸，背毛艳红，腹毛纯白，琥珀色的眼睛像宝石一样闪闪发亮，出生顶多才十几天，身上还闻得到一股奶香。我把它捧在手掌，带回家，关在一只铁丝编织的空鸡笼里，又把鸡笼拴在屋檐下的房柱上。

当天夜里，我被咔嚓咔嚓的声响惊醒，悄悄下了床，隔着窗棂往外窥视。月光如水，把院子照得雪亮，我看见，一只耳朵上长满黑毛的母狐，正趴在鸡笼上，拼命用牙啃咬铁丝，咬了一阵，没能咬开，又去拖鸡笼，鸡笼被铁链子拴在房柱上，也拖不动。小狐狸在笼子里咿咿呀呀地叫，母狐便踮起后肢，前腿勾住笼顶，将肚皮

紧贴在笼壁上，透过网眼，给小狐狸喂奶。

凉风习习，从木格窗棂灌进来，我没穿衣服，打了个喷嚏，听到响动，母狐顺着房柱嗖的一声蹿上屋顶，不见了。

第二天早晨，我打开房门，惊讶地发现，囚禁小狐狸的鸡笼旁，躺着一只五彩翎羽的野鸡，足足有五六斤重，脖子被咬断了，伤口的齿痕与鸡笼铁丝上留下的齿痕一模一样，毫无疑问，是昨晚那只冒着生命危险前来给小狐狸喂奶的黑耳朵母狐咬死扔在这里的。野鸡肉质鲜嫩，比家鸡好吃多了，在集市上价钱卖得很俏。我不明白黑耳朵母狐干吗要把这只野鸡留在鸡笼旁？也许是它来喂奶的途中猎获的，喂喂奶，受了我喷嚏的惊吓，仓皇逃跑时忘了带走，就像我经常把雨伞遗忘在别人家里一样。好哇，给我捡个大便宜。我乐哈哈地把野鸡拾起来，刚要进屋，突然，听见屋顶传来呦欧呦欧狐狸的叫声，我走到院子中央，抬头望去，嚯，正是黑耳朵母狐，坐在屋脊上，姿势怪异得让我忍俊不禁，双爪合十，弯腰点头，就像佛教徒在鞠躬作揖，又像是精明的日本商人在致敬顾客；呦欧，呦欧，呦欧，它急切地朝我嚣叫，就像路边的小贩卖力地在兜售商品。

我突然间意识到，这只肥大的野鸡，是黑耳朵母狐有意留在鸡笼旁的，目的是要和我做笔交易，换回它的小宝贝。好聪明的母狐啊，它晓得凭它的爪子和牙齿是无法从我的鸡笼里抢走小狐狸的，就别出心裁地捉一只野鸡来同我交换，我还是第一次碰到动物与人开展贸易呢，挺有趣的。我看了看野鸡，又看了看笼中的小狐狸，若一起拿到集市上去出售，小狐狸的价格大概要高出三分之一，既然是贸易，就该价值相当价格相宜，亏本的买卖我才不干呢！我做了一个不想交换的手势，将野鸡抛向屋顶，喏，你的东西你拿回去吧。

黑耳朵母狐敏捷地一把搂住野鸡，眨巴着那双媚眼，做出一副沉思状，又把野鸡从屋顶推下来，欧——长嗷一声，翻过屋脊不见了。

翌日晨，囚禁小狐狸的鸡笼旁又出现了一只野鸡，比昨天那只还要大还要肥，跟昨天一样，黑耳朵母狐仍坐在屋脊上，急切地朝我呦欧呦欧叫。

两只野鸡加起来，价值和小狐狸差不多，我准备打开鸡笼把小狐狸放了，可转念一想，这一放，好比释放了“人质”，黑耳朵母狐再也不会捉野鸡孝敬我了，如果我继续扣押小狐狸，黑耳朵母狐爱子心切，一天捉一只野鸡来，我就好比捡了只聚宝盆，永远取之不尽；一个月三十只野鸡，一年三百六十五只野鸡，坚持数年，我岂不成了大大的富翁?！当然，这样做，有点卑鄙，违背了公平公正互利互惠的贸易原则，不过，人跟人之间做买卖，需要诚实和信誉，与动物打交道，似乎没必要这么穷讲究。我把第二只野鸡收了起来，不但没放小狐狸，还在鸡笼的门上加了一把锁。聚宝盆更要妥善保管嘛。

黑耳朵母狐在屋脊上眼巴巴地望着我，我嘲弄地朝它扬了扬手中的野鸡，嘿，明天送只更大更肥的来吧！

黑耳朵母狐长长地哀叫一声，一纵身，倏地不见了。

第三天早上醒来，我第一件事就是兴冲冲地拉开门到屋檐下去捡野鸡。遗憾的是，根本就没什么野鸡，囚禁小狐狸的鸡笼旁，只有一只死老鼠，五脏六腑拖在体外，已高度腐烂，散发着一股恶臭，招引了一群绿头苍蝇。

呸，我恶心得直想呕吐。

欧——欧——黑耳朵母狐仍坐在屋脊上，怨恨地朝我嚣叫。我相信它是在这样骂我：“你不讲信用，贪得无厌，比老鼠更渺小！”

这只母狐，绝对是只狐狸精，我想，它竟然知道野鸡的市场价格，知道两只野鸡换一只小狐狸已经是绰绰有余了，知道我企图没完没了地在它身上榨取财富，所以才用一只腐烂的死老鼠来向我表明，对我的坑蒙拐骗，它是绝不会上当受骗的。我有一种被人揭穿了老底的愤恨，真正的恼羞成怒，哼，在我这里，一只小狐狸就要换一万只野鸡，只此一家，别无分店，你爱换不换，昨天和前天的两只野鸡，算你交的定金，交易不成，按我们人的规矩，定金没收啦！

第四天，我的门口屙了一泡稀糊糊的狐狸屎，臭气熏天。

第五天，我犁田回来，发现屋顶的茅草被扒了个洞，一泡腥臊的狐狸尿淋在我的床上。

第六天，我养的四只老母鸡像被理了发似的，脖子上的鸡毛被拔了个干净，火鸡似的裸露着脖子。

我没办法，只好把小狐狸放了。看来，和动物做生意，也要规规矩矩。

金丝猴与盘羊

沈石溪

金丝猴和盘羊是完全不同的两种动物，但奇怪的是，凡是发现金丝猴的地方，肯定会有盘羊，而有盘羊的地方，肯定会找到金丝猴。有人解释说，盘羊之所以像影子似的跟着金丝猴，是因为盘羊爱吃椿树叶，但盘羊不会爬树，光靠自己无法享用这美味佳肴，而金丝猴也爱吃椿树叶，骑在树杈上，两只前爪左右开弓，一把一把将椿树叶从树枝上捋下来，贪婪地塞进嘴去。这种吃法，浪费极大，吃一半掉一半，站在树下的盘羊便可大捡便宜，坐享其成了。

在一次集体狩猎中，我才知道，上述说法完全是一种谬误。

我们在一片椿树林里发现了十几只盘羊，悄悄地摸过去，但还没等我们到达有效射程，树冠上突然响起尖锐刺耳的猴嚣声，正在安静地低头吃食的盘羊立刻警觉地抬起头来，往山脚方向移动。金丝猴居高临下，视界开阔，像机警的哨兵，为盘羊群通风报信！我们只好改变将盘羊群包围起来用枪射击的方案，吆喝十来条猎狗进行追撵。盘羊群望风而逃，猎狗兴奋地吠叫着，旋风般地扑了过去。

我们站在山顶看得很清楚，在盘羊群里，有一只才生下不久的小羊羔，跑着跑着，气力不支了，渐渐落在后头。羊角扭成麻花状的大公羊们都逃到前面去了，唯有一只长着弯弯羊角的母羊留在后头，陪伴在小羊羔身边，毫无疑问，这只母羊是小羊羔的妈妈，舍不得丢下自己的小宝贝独自逃命。不一会儿，训练有素的猎狗便离羊羔越来越近了。冲在最前头的大黑狗赛虎很快离小羊羔只有一步之遥了，再有两分钟，不，顶多再有一分钟，狗嘴就能咬住羊腿。所有在场的猎人都相信，小羊羔连同那只母羊，绝对逃不脱猎狗的追捕了。

就在这时，前面一棵香椿树上，哗啦吊下一串东西来，像把软梯，我仔细一看，原来是几只金丝猴，你抱着我的腰，我抱着它的腰，从树冠上垂挂下来。这种对我们人来说属于高难度的杂技动作，对猴子来说，易如反掌，我在澜沧江边曾多次看到过金丝猴用这种倒挂软梯的办法从高高的树上垂到江里来捞青苔吃。眼下这串猴子从树冠上吊下来想干什么呀？地上既没有青苔，也没有浆果，只有咆哮的狗群，做游戏也不是个时候嘛。吊在最末尾的是只长着一只朝天鼻的老公猴，它头朝下，双臂差不多快触摸到地上了，翻开浅灰色的厚厚的嘴唇，朝正向它逃来的母羊和羊羔欧嗬欧嗬叫起来。母羊听到叫声后，立刻用弯月形的羊角顶着小羊羔的屁股，径直往老公猴赶来。当小羊羔逃到老公猴面前时，只见老公猴张开双臂，一把将小羊羔抱起来，倏地一个翻身，一手抱着羊羔，一手攀拉“猴梯”，踩着其他猴子的身体，噔噔噔飞快蹿上茂密的树冠。当小羊羔被安全抱上树冠后，“猴梯”便自动地一节一节拆卸开来，极有秩序地迅速地回到香椿树上去了。

大黑狗赛虎追到香椿树下时，正好是小羊羔被抱起并升到“猴梯”中央的时候，赛虎蹿高扑咬，可惜，口里只有一团空气。很快，十几条猎狗都赶到了香椿树下，它们不会爬树，围在树底下徒劳地狂吠一通乱咬一气。

小羊羔被金丝猴安全地抱上了树，等于为那只母羊卸去了沉重的心理负担，也等于解开了束缚它身心的无形绳索。它突然加速，飞跑起来，一眨眼的工夫，便消失得无影无踪。

等我们来到香椿树下时，猴群也转移不见了。眼看就要到手的羊肉飞掉了，大家都很气恼，赌咒发誓要教训这群爱管闲事的金丝猴。

最有经验的老猎人波农丁观察了一下地形后很肯定地说，这群金丝猴还在这片方圆约一公里左右的椿树林里。道理很简单，山脚下就这么一片孤零零的树林，出了树林，东面是湍急的流沙河，南面是一条国防公路，西面是陡峭的布朗山，北面是一大片卵石滩，金丝猴习惯在树上生活，不到万不得已，是不会离开树林到地面上来的。波农丁把狩猎队分成三组，一组带七条猎狗把守公路，不让金丝猴群越过公路逃进大黑山原始森林，二组带剩下的五条猎狗把守通往寨子的那片开阔地，以防止猴群逃进寨子边那片密不透风的苞谷地里去，三组负责在椿树林里点火放烟，把这群可恶的猴子熏出来。

我们人手不够，没去守东面的流沙河和北面的卵石滩。我们一致认为，东面和北面守不守都无所谓，金丝猴怕水，打死它们也不敢泅渡流沙河，卵石滩上布满了大大小小的鹅卵石，猴子爬树登山都很厉害，但在平地行走，连人都不如，尤其在卵石滩上，动作笨拙缓慢，根本逃不快。就算猴群往北面逃窜，等它们踏进卵石滩后，我们再追击也不迟，动作敏捷的猎狗很快就可从西、南两个方向赶过去追上猴群并将它们包围在卵石滩里。

我被安排在第三组，我们几个人捡了一些枯枝败叶，在上风口点起七堆火，等烧旺后，用草皮将火堆盖起来，霎时间，浓烟滚滚，顺着风势，直往椿树林里飘去。很快，整座椿树林烟尘弥漫，就像一只大烟囱。树林里传来哼吭哼吭的咳嗽声，传来喧哗与骚动。不难想象，那群金丝猴在树上被浓烟熏红了眼，熏昏了头，眼泪鼻涕都熏出来了，抓耳搔腮，上蹿下跳，活像热锅上的蚂蚁。

树冠哗啦啦响，哦，这群金丝猴被烟熏得受不了啦，要逃命啦！

树冠上的声响往北转移，不一会儿，在连接卵石滩的一棵香椿树上，滑下一串金丝猴来，在卵石滩里跌跌撞撞，抱头鼠窜。

波农丁吹响了牛角号，西南两路十二条猎狗吠叫着冲向卵石滩。

嘿嘿，这群珍贵的金丝猴成了瓮中之鳖啦！

金丝猴们扶老携幼，在卵石滩上缓慢爬行，它们失去了树的掩护与依托，也就失去了灵长类动物的优势，是无法抵挡猎狗进攻的。

两组猎狗成钳形态势将猴群包围了起来，眼看就要穿插分割，进行最后的噬咬了，突然，朝天鼻老公猴呦——欧——呦——欧——仰天长啸起来，我以为它是在绝望地哀号呢，殊不知随着它的叫声，从西面布朗山脚下，奔出一群盘羊来，清一色都是羊角扭成麻花状的身强力壮的大公羊，盘羊习惯在高低不平的山崖上行走，坚硬的羊蹄在卵石滩上如履平地，驰骋如风，一转眼，就出现在金丝猴群面前。只见金丝猴们忽啦分散开，一只金丝猴拥着一只盘羊，猴爪抓住羊角，就像骑手抓住缰绳一样，轻盈一跳，骑到羊背上，步兵变成了骑兵，盘羊带着金丝猴，轻捷地在卵石滩上跳跃奔驰，朝布朗山方向逃去，地上扬起一团团轻烟似的泥尘。

猎狗的奔跑速度本来就不如身强体壮的公盘羊，在高低不平的卵石滩里，更不是公盘羊的对手，只能汪汪叫着，望尘兴叹。

望着远去的盘羊和金丝猴，我感慨万千，真没想到，在动物界，会有如此配合默契的协作与互助。为了生存，为了抵御共同的天敌，金丝猴与盘羊，两种完全不同的动物，互为依傍，共同生活，你为我站岗，我为你放哨，你救我的羊羔，我驮着你逃出绝境，真不愧为团结的楷模。

雨街作品

丹顶鹤尼诺

憨蛇弯弯

豪猪妈妈博茨娃娜

獴娜丽莎

山鸡半克

猎豺

雨　街

本名刘兴华，衡水市作家协会副主席。 曾获中国散文精锐奖、中国年度最佳短篇小说奖、第二届中国当代诗歌奖、第二届河北省十部好书奖等奖项。曾出版动物小说《狮王科特》《棕熊哈根》《蟒蛇巴布》《蜜獾莫尼》《小象彼克》《章鱼拉尔》、童话《我不是乌鸦》《我不是熊》及散文集《一碗清汤面》、武侠小说《侠女泪》《药膳秘籍》等作品。其作品先后被多家出版社收入“动物小说精品选”“中外动物小说精品选”“中国动物小说品藏书系”等系列书中。

丹顶鹤尼诺

雨　街

天空很蔚蓝，鱼鳞一样的白云倒映在波光粼粼的水面，水面上便升腾起一片薄薄的烟气，水里的小鱼小虾也仿佛晃动起来。

尼诺站在一条清澈的水塘边，慢慢抬起一只腿，在水里洗了洗，落下，然后向远处望一望，再慢慢抬起另一只脚，蜷在腹下，久久不肯放下。

“嗝啊……嗝啊……”尼诺长长的脖子像静止了一样，死死地盯着声音传来的方向，那是他的妻子露西在呼唤他。

听到露西焦急且惊恐的叫声，尼诺知道，那一定是露西遇到大麻烦了。

尼诺再也没有心情捕捉小鱼小虾了，瞬间在水面上扇动着翅膀狂奔起来，一时间水花乱溅。

尼诺的双腿渐渐离开了水面，翅膀也一上一下地拍动着，不长时间，他就飞回自己家的上空。

妻子露西正孵化着他们的子女呢，今天在外出之前，露西还亲昵地弯着长脖子在尼诺身上偎来偎去，后来还抬起身子让尼诺看了看腹下的卵，那卵经过露西体温的孵化，洁白如玉的蛋壳已经变成暗黄色，表面还有蜿蜒的黑红色的细丝，就像是裹在里面的鹤宝宝的血脉在流动。尼诺马上要做爸爸了！

“是什么动物在侵袭露西呢？”尼诺降低了飞行高度，仔细观看着，那是一只刚刚成年的草滩狐。

露西扇动着翅膀，身子半蹲着，头随着草滩狐奔跑的方向转动着。

草滩狐左冲一下，右扑一下，他是想引诱露西离开自己的巢穴，那样他就有偷袭的机会了。

在草滩狐的不断骚扰下，露西的翅膀扇动得更厉害了，两条腿已经离开了地面。

尼诺见情况不妙，从空中飞扑下来，强有力的翅膀向下一倾斜，锋利的羽翎就从草滩狐的脊背上扫了过去。

草滩狐见露西搬来了救兵，顿时也提高了警惕，做好了迎击的准备。只见他身体向下一蹲，接着后腿猛地在地上一蹬，身体就跃起两三米高，同时张开大嘴，向着尼诺咬了过去。

尼诺没想到草滩狐会这样凶猛，紧扇了一下翅膀，急忙向高处飞去，但还是晚了一步，翅膀上的羽毛被草滩狐咬下来一撮，像飘在空中的小船，摇晃着慢慢地落到地上。

尼诺的翅膀发出“啪嗒啪嗒”的声音，仿佛失去了向上的浮力，扇动的节奏也杂乱起来，一路歪斜地落在了不远的地方。

草滩狐的身体就像一道白光，向着尼诺的方向冲了过去，蓬松的尾巴随着身体的奔跑上下舞动着，那样子不像是在追赶一个猎物，更像是踩着高跟鞋走 T 型台呢。

尼诺一路歪斜地在前面奔跑着，草滩狐身子一纵一纵地紧紧跟在后面，但无论怎么努力，就是追赶不上。

跑了不长时间，草滩狐多少有些气馁，而尼诺也感觉到了草滩狐脚步的变化，就放慢了脚步，引诱草滩狐接着追下去，直到远离了自己的巢穴，才舒展开翅膀，飞了起来。

草滩狐知道自己上当了，低垂着头，拖着尾巴向远方走去。

尼诺见草滩狐走远了，翅膀向下倾斜着逐渐降低高度，然后反拍着翅膀落下来，露西轻轻叫了两声，好像在说：“孩子们，都出来吧，爸爸回来了！”

圆圆的巢穴里，就像揭幕仪式一样，一下子站起来三只小丹顶鹤，蹒跚着向尼诺跑了过来。

卵生动物是没有奶水可吃的，所以他们孵化出来的第一件事就是去水边补充水分。谁知让草滩狐一骚扰，就给耽误了。

露西轻轻叫了几声，就领着三只小鹤向前走去，尼诺则走在队伍的最后，以防有小鹤掉队。

丹顶鹤一家走走停停，最后来到一个水塘边，选了一个水很浅，但很清澈的地方，三只小鹤一直盯着鹤妈妈，露西低下头，把水含在嘴里，仰起脖子，嘴尖竖起来，一口水就喝了下去，小鹤们也学着妈妈的样子，做着同样的动作。嘿，他们喝到了生下来的第一口水。

三只小鹤在鹤爸爸和鹤妈妈的精心照料下，长得非常快，两个月大时，身体就长得有父母一半大小了，还长出了坚硬的羽毛。

其间，也曾发生过一次危险。

那天，鹤爸爸去塘边觅食了，三只小鹤便围在露西身边追逐打闹起来。

露西半眯着眼，在暖暖的阳光中打着盹，小鹤们看妈妈困了，便走到离巢穴远一些的地方玩耍，他们是怕扰了妈妈的睡梦呢！

小鹤们的举动，引起了一只草原鹰的注意。他无声无息地盘旋在三只小鹤的上空，观察着这三只小鹤的情况，等他确定鹤爸爸和

鹤妈妈并没在他们身边时，便像一片乌云一样，向着其中一只小鹤飞扑下来。

三只小鹤长这么大，第一次遇到这么危险的情况，顿时被吓得乱作一团。

露西听到三只小鹤的叫声，顿时从睡梦中惊醒过来，也立刻大叫了一声。那是她向鹤爸爸尼诺发出的呼救信号，也是向草原鹰发出的警告，不要动她的孩子。

草原鹰没理会露西的警告，只见他抖动着翅膀，强有力的爪子向下一伸，随之又向回一缩，就把一只小鹤带到了高空中。

看到自己的孩子被草原鹰抓走了，露西也“嗖”的一声飞上了天空，从后面紧紧追赶。

草原鹰飞行速度要比丹顶鹤快，但他现在爪子上抓着一只拼命挣扎的小鹤，速度自然就慢了许多，没飞一会儿，草原鹰就被露西追上了，此时，愤怒已经让露西失去了理智，只见她一个上跃，就飞到了草原鹰的上方，并挥动着翅膀向着草原鹰扇了过去；草原鹰心中一惊，长啸一声，随之下降高度，而扇空了的露西，就势收拢了翅膀，一下子落在草原鹰的后背上，草原鹰哪里还飞得动，扑腾着翅膀直直地落到了地上，被草原鹰掳在爪下的小鹤也落在不远处的草丛中。

草原鹰一落地，就和露西打斗起来，草原鹰依仗敏捷的动作和锋利的喙，撕扯着露西身上的羽毛，而露西则舞动着她那小刀把一样的大嘴，重重地敲击着草原鹰的身体，不长时间，草原鹰身上的羽翎也被折断了好多根。

草原鹰见势不妙，在地上蹦跳了几下，像一溜烟似的向空中逃去，结果迎头撞上火速赶来的鹤爸爸尼诺。

面对敌人，尼诺更是凶猛，只见他收拢的翅膀猛地打开，借着急速下降的惯性，迎头扇在了草原鹰的脑袋上，只一下，就把草原鹰的脖子击断了，草原鹰随之翻滚着落到了地上。

露西在草丛中找到那只小鹤，只见他全身湿漉漉的，脊背上被草原鹰的利爪划了一道口子，还在淌着血水。

鹤妈妈难过地垂下头，用脖子把这只小鹤紧紧揽在胸前，一副唯恐失去他的样子。

尼诺余怒未消，用坚硬的喙不停在死去的草原鹰身上击打着，直到将草原鹰击打得羽毛乱飞，血肉模糊，才把草原鹰叼在嘴里，一甩脖子，像掷铁饼一样，将他掷出去十几米远。

经过这次历险，小鹤们一下子成熟了许多，一家人的关系也比以前更加亲密了。

憨蛇弯弯

雨　街

弯弯不知道自己憨，比如现在吧，天上正下雨呢，别的蛇总要找个地方避一避雨，可弯弯就不知道躲，而是像搞不清怎么回事似的，腹部像一根竹竿搭在前面的石头上，椭圆形的脑袋直直地向上翘着，雨水不停地打在他的头上，可他就像感觉不到一样。天空一道闪电落下，那雨水更大了，而弯弯身子竟然向上一蹿，像一条鱼一样随着暴雨，甩着尾巴不停地向上，向着闪电的方向游了过去。躲在石头下的蛇像呆了一样，他们不明白，弯弯怎么能飞上天去呢，难道他也要去当那闪电，难道闪电也是由一条条像弯弯似的蛇组成的？蛇想不明白，想不明白的蛇习惯把头往地上磕打几下，然后头部向下一弯，脊背向上一拱，像从滑梯的一边上来，又从另一面滑下去一样，转眼间就钻进洞穴里。

蛇洞里挤满了蛇，他们随着凹凸不平的地面起伏着，翻滚着，蛇头习惯性地晃动着，像火苗一样的蛇信子也像风一样刮进刮出。

而那条叫弯弯的蛇真的向闪电游去，他也一定认为那闪光的是他的同类，他也要像他的同类一样银蛇狂舞，但他忘记了，雨总有小的时候，雨小了，雨的密度不足以再托起弯弯的身躯，他就像一条被乌云抛下来的草绳，瞬间就掉在了一棵高高的波巴布树上，而且正掉在大冠鹫的窠里。

弯弯吓了一跳，条件反射似的盘成一团，只露出半截脑袋打量着四周，树上很静，只有树叶上的雨水顺着叶脉向下淌去，落到贮水塔一样的树干上。那树干就像海绵一样，转眼间就把雨水吸到里面去。弯弯伸出蛇信子，没嗅到大冠鹫的气味，他甩了一下尾巴，绷紧的身子就像放松了的弹簧，一下子由里到外地松散开来，只有蛇头高高地举起来，然后弯下来，用鼻孔的前端在一枚卵上触了一下，那卵在发出细碎的裂纹声的同时，还向前滚动起来，弯弯逆势把身子挡上来，那枚卵碰到了弯弯的躯体，前后晃了晃，就像卵里有一对翅膀，正跳着脚似的要向上飞翔，弯弯慢条斯理地张开大嘴，欲把那枚卵整个地吞下去。

可大冠鹫的卵明显要比弯弯的口腔大多了，但弯弯仍旧不改要把那枚卵吞下去的打算，只见他嘴上的肌肉先是像失去了弹性一样，然后，下巴又像被放下的吊桥，搭在那枚卵之前，颈部也向躯体里缩进去一大截，整个蛇嘴就如同从长布袋之中长出来似的。

那枚卵向弯弯的口中一点点走去，原来，弯弯正收缩口腔内的肌肉，在外界看来，他的口腔好像有了吸引力似的。等那枚卵被口腔吞进大半后，弯弯就地一转身，先翻过身子，再转过头部，然后头部平躺一下，再慢慢向上抬起，那样子就像一条蛇在做仰卧起坐似的，而那枚卵也在这种独特的运动方式下，被吞进了肚子里。如此一来，弯弯本来匀称的身躯一下子从中间鼓起来一个疙瘩。

如法炮制，弯弯又吞下了窠里另外两枚卵，身体内就有了三个鼓鼓的大疙瘩，看到他的样子，让人自然而然地想起结绳记事的绳子。

弯弯很满足，他几乎要把这个窠当成自己的家了，身子沿着窠边一圈一圈地转着，蛇头偶尔会探出去，向下张望一下。就在这时，空中传来两只大冠鹫的“忽溜，忽溜”的长啸声。

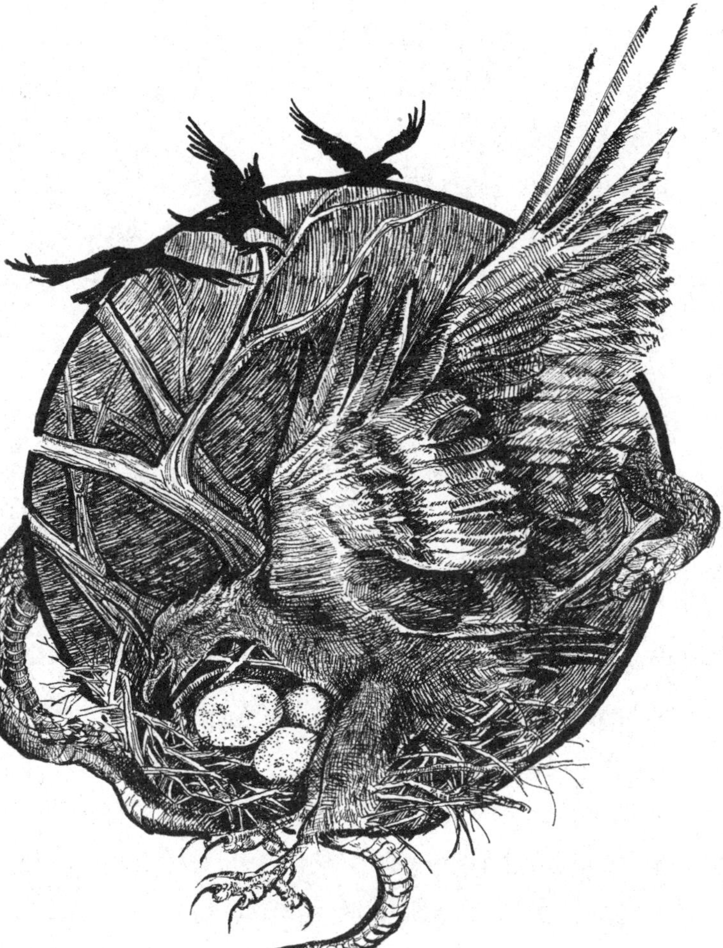

弯弯心里一惊，猛地抬起头向空中望去，只见一雄一雌两只成年大冠鹫一前一后在空中盘旋着，这是他们发现猎物后的表现。突然，两只大冠鹫向相反的方向飞去，然后又猛地掉转身体，收拢起翅膀，整个身子像一张蓄势待发的弓箭，呼啸着扑向地面，对地面的猎物形成了前后夹击。

雄大冠鹫在贴近地面的刹那，身子猛地一倾斜，面向地面的那个翅膀在张开的瞬间，斜着向前扇了一下，地面上的草也随之向前倒去，而隐藏在草丛中的那条身长二米多的黑曼巴蛇，身体像由二个S叠加似的向上竖着，蛇头也随着雄大冠鹫翅膀的劲风，向前倒去，也就是在这条蛇倒下的同时，雌大冠鹫的爪子一下就抓到了他的颈部，并随之飞上高空。

黑曼巴蛇在雌大冠鹫的身体下扭动着，长长的蛇身也借着惯性一次又一次地像鞭子一样向上抽去，雌大冠鹫扑腾着翅膀，左闪右躲着，而雄大冠鹫像猛地拔高一样，只几个上跃，就飞到雌大冠鹫下方，在与雌大冠鹫交叉而过的瞬间，身子翻转，爪子向上一抓，死死地抓住黑曼巴蛇的尾巴，加之两个大冠鹫是逆向而飞，也就是千分之一秒吧，黑曼巴蛇的身体就如同拔河用的绳子，“嘭”的一声被绷得紧紧的，向前飞去的力被阻止，而且还反弹回来，如果不及时阻止，两只大冠鹫就会在空中高速撞击在一起，造成死伤。雄大冠鹫对此似乎早就胸有成竹，只见他的另一只利爪在黑曼蛇身上只是划了一下，那黑曼巴蛇就应声断为两截。

弯弯吓坏了，本来刚进完食，身子疲倦，想进入休息状态，此时他哪里还敢懒惰呀，逃命要紧呀，弯弯就像树上淌下的一股溪流，转眼间就没入树下的草丛。他紧紧贴着地皮快速地爬行着，而两只刚刚捕获完猎物的大冠鹫也回到了自己的窠穴里，只见这两只大鸟缓慢地向上反拍着翅膀，长长的爪子直直地伸向窠里，就像飞机降落时放下了起落架，树叶上的水珠也被飞溅起来，像散落的珠子，在阳光里闪耀着光辉，然后又像失重似的，慢悠悠地落向地面。

弯弯知道这美丽的画面是暂时的，用不了多久，这两只大冠鹫还会像黑色的火焰，向空中燃烧。果然不出所料，雄大冠鹫的爪子还没落入窠中，向上反拍的翅膀便向下狠狠拉去，隐藏在翅膀中的脖子一下子凸显出来，长长的，就像刺向空中的一把利剑，两只尖尖的爪子并排着猛地向前一伸，然后又向后用力蹬去，茂盛的波巴布树也向后晃了一下，随着“滋咕”的一声长啸，雄大冠鹫向空中扑去，而雌大冠鹫像雄大冠鹫的影子，如影随形。

弯弯头也不敢抬，身子画着曲线，逃向自己的洞穴。还好，自己的洞穴距波巴布树不远，眼看快到自己的石头城堡了，两只大冠鹫发现了弯弯的身躯，他们的眼睛在冒火，向内弯曲的喙像是要把阻挡他们向下飞扑的风也划破了似的，发出尖锐的破裂声，而他们巨大的身影，就像从天上罩下两个黑漆漆的斗篷，转眼间就向弯弯的身上罩了过去。弯弯弯曲的身体猛地拉直，“嗖”的一声滑入石缝之中，就是这样，还是晚了一步，细细的尾巴被大冠鹫踩个正着，大冠鹫同时用尖利的喙叼住弯弯的尾巴，想把弯弯从石缝之中拖出来，而弯弯哪里肯就范，他宽大的腹鳞依次竖立起来，死死地抓住地面，并借助肋骨产生的推力，向前挣扎着。

一个想把对方从洞穴中拖出来，一个想摆脱对方的利爪，几经努力，弯弯占了上风，只听“哧”的一声，弯弯的尾巴上硬是被脱掉了一层皮，大冠鹫一愣神，就觉得爪子下空了，低头一看，爪子下除了薄薄的一层蛇皮，哪里还有弯弯的踪影。

两只大冠鹫蹒跚着迈上乱石堆，偶尔会斜着眼向石缝里张望，或者用爪子扒一下石缝，蛇的浓烈的气味从石缝中飘散出来，但他们毕竟没办法把弯弯从石缝中掏出来，只能无奈地在那里悲鸣着，偶尔还会边扇动翅膀边跳脚，直到从云层中时隐时现的夕阳像漂浮在远远那条河流上，随河流远去，两只大冠鹫知道再也找不回他们的孩子了，才从乱石堆上跳下来，一步一步向家的方向走去。

逃脱两只大冠鹫追击的弯弯痛苦极了，最痛苦的不是他的尾巴被大冠鹫的利爪扯下了一层皮，而是吞进肚子里的一只蛋怎么也摔不碎，但他还是不停地往石壁上撞击着，他的身边是他刚刚吐出的另外两只卵的破碎的外壳，而肚子里这个蛋，感觉越来越硬，坠得肚子疼痛难忍。直到这时他才明白，圆圆的东西不一定都是卵，还有石头，而这块像是卵的石头，是雄大冠鹫的枕头。

原来大冠鹫也会像乌鸦一样，睡觉时，喜欢枕在一块凉凉的石头上面。

等弯弯明白了这些之后，他不再挣扎，现在他所能做的就是等夜深人静之时，拖着笨重的身体，到远远的那条河流的上游去，那里的泥土富含碱性，他只有吞入大量的碱性泥，增加腹腔中的润滑程度，再通过反刍，把吞入腹中的那块石头吐出来。

夜幕升起来了，黑暗中透出的深蓝一直伸向无垠的远方，满天的繁星，如同躲藏在孤寂中的虫鸣，地上细细的草茎有如大地的触须，或者聆听夜空的天线，恪守在那里。而弯弯拖着肚子里那块石头也来到那条河流的上游，而比弯弯先到一步的还有一条水蟒，他在此之前吞食了一条未成年的鳄鱼，他圆滚滚的肚子现在已经严重变形，那样子就像包裹在鳄鱼身上的一层外衣，他尽管吞食了大量含碱性的泥土，还是无法靠收缩肌肉把吞下去的鳄鱼吐出来，最后竟被鳄鱼涨破了肚皮，鳄鱼的爪子直直地从水蟒的腹腔中刺出来，水蟒翻个滚，肚皮朝上，死掉了。

弯弯被眼前的景象吓呆了，他慢慢吞进一些含碱性的泥水，慢慢收缩肋骨，推动着那块石头向口腔运动，同时把嘴张得大大的，他多希望那块石头快一点从口腔中滚出来呀，他努力着，努力着，并等待着一个奇迹的出现！

豪猪妈妈博茨娃娜

雨 街

棕黄色的月亮升起来了，乌金山脚下的森林在月光下，像是融入月光的影子，那影子也仿佛随着月光的翅膀，带着月光在轻盈地向上飞翔。森林里各种植物的味道也像飞舞的小虫，弥漫在空中，像月光撒下的微尘。

森林前面有一条小溪，是从山峦的后面绕过来的，那样子，就像是一个人走路走累了，躺在树荫下休息了，在这里没有发出一点声响。

随着一阵轻轻的“哼哼”叫声，森林边的空地上，一下子亮起四双亮晶晶的小眼睛，那亮光，就像是太阳的微光将黑夜烧了几个小小的圆洞。透过夜色，悄悄地看着这里即将发生的故事。

走在前面的是一头豪猪妈妈，她一边走，一边从喉咙里发出低沉的“哼哼”的叫声，身后的三个小猪崽，并排在一起，肩并着肩，随着豪猪妈妈的叫声，整齐地迈着步子。

豪猪妈妈叫博茨娃娜，此时她一副小心翼翼的样子，向前走几步，就会停下来，转动着老鼠一样的眼睛，四下瞅瞅，有时还会抬起头，使劲翕动着鼻翼，嗅着空气中的味道。

比较弱小的动物都特别重视空气中的味道，把空气中的味道当作自己最要好的朋友。因为食肉动物一般体味都较大，如果附近有食肉动物，他们的体味就会随空气传过来，就像传来一个及时的警告一样，那气味好像也有了温馨的提示音：小心，前面有猛兽，请尽快躲避。

小的动物嗅到气味发出的警告，都会迅速地离开。而猛兽有时也会循着气味追随而来，但已经晚了，小动物大多躲藏进了安全的地方。猛兽有些失望，拖着尾巴，在原地转几圈，露出锋利的牙齿，歪着头，吼叫几声，然后默默地向别的地方走去。

豪猪妈妈博茨娃娜之所以这么紧张，都是因为身后有三个小宝宝。这些小宝宝才出生一个多月，今天是她第一次带三个小宝宝来河边饮水。显然，博茨娃娜紧张的情绪也影响到了三头小豪猪，不然他们才不会挤在一块呢。

这也是小豪猪的智慧，如果分散开，他们的身体会显得弱小，遇到敌人，就起不到震慑效果，而挤在一起，那体积不是一下子大了三倍吗？还有，小豪猪身上的棘刺虽然已经变硬，但还比较短，收起来后，弧形一样贴在身上，就是挤得再紧，也不会伤害到对方。

三头小豪猪也随着豪猪妈妈的叫声“哼哼”叫着，不一会儿，他们就来到了溪水边，豪猪妈妈博茨娃娜先找到一处地势平坦的地方，引领三头小豪猪走过去，而她自己则跃上一块石头，向四下张望着，担负着警戒工作。

三头小豪猪仍像在路上走着的样子，在河边站成一排，低下头，嘴巴扎在水里，不一会儿，水里就“咕嘟咕嘟”地冒出气泡，原来豪猪饮水时，习惯把头扎进水里，然后往嘴里猛吸一口，水喝进去后，总要向外呼气呀，也许是为了节省时间吧，向外呼气的程序也在水里进行了，所以水里会不停地向外冒气泡。

直到喝足水，三头小豪猪才会抬起头，粘在嘴巴上的水珠有的会滴落在小溪里，有的会顺着嘴巴流下来，三头小豪猪便会同时甩一下头，把粘在嘴巴上的水珠甩向别处。

三头小豪猪喝完水，豪猪妈妈从石头上跳下来，重新跑到小豪猪身边，“哼哼”叫几声，然后带头在溪水边蹚着水，三头小豪猪也学着妈妈的样子，在水里来回蹚了几次，他们要用水把身上的气味冲掉，这样敌人就没办法依靠气味一路追踪他们了。

蹚完水，豪猪妈妈博茨娃娜并不带着小豪猪上岸，而是沿着小溪一直向上游走去，直到走出三四百米，才带领小豪猪爬上岸来，一字排开的三头小豪猪，一上岸，又重新肩并肩地挤在了一起。

在豪猪妈妈博茨娃娜带领三头小豪猪离开不久，有一头叫奥卡万戈的黑熊也来到小溪边饮水，岸边豪猪妈妈和三头小豪猪留下的气味让他兴奋起来。

此时，黑熊奥卡万戈连水也顾不得喝了，他围绕着豪猪一家留下的气味嗅来嗅去，有几次，鼻子都拱到泥土里去了还不肯罢休，仿佛豪猪一家就藏在泥土下面似的，两只前爪也随之挖起土来，挖一会儿，停下来，鼻子扎进坑里嗅一嗅，接着又是一顿猛挖，不一会儿，就挖出半人深的大坑，直到小溪里的水渗过来，才晃了晃脑袋，失望地从坑里爬出来。

原来，豪猪妈妈博茨娃娜在那儿撒了一泡尿，所以那个地方气味最大，黑熊奥卡万戈哪里明白，还以为找到豪猪的洞穴了呢。

黑熊奥卡万戈也许有好几天没有找到食物了，显然他不甘心就这么离开，仍在原地不停地转着圈子，后来他又顺着豪猪留下的气味走到水边，那气味到了水里就消失了，黑熊奥卡万戈明白，豪猪一家是蹚着水走了，但他们是向上游走去了呢，还是向下游走去了呢？黑熊一动不动地冲着溪水发了一会呆，猛地掉头冲到岸上，“呼”地抬起两只前脚掌，像人似的直立起来，在转动着脑袋张望的同时，嘴里还“嗷呜嗷呜”地叫着。

此时，豪猪一家也才刚爬上岸，距黑熊也就是三四百米的距离，这么近的距离，加上这么凶猛的吼叫声，三头刚出生一个多月的小豪猪被黑熊奥卡万戈的狂叫声吓得惊叫起来，甚至被吓得四肢发软，瘫在那里不能动弹。

三头小豪猪的惊叫声像尖尖的钩子，一下子把黑熊奥卡万戈的视线拉了过来。

豪猪妈妈博茨娃娜一看目标暴露了，嘴里“吱吱”叫着，身上的棘刺也“唰”的一声直竖起来，三头小豪猪听了妈妈的叫声，虽然身子仍被吓得抖个不停，但并没有四处逃窜，而是学着妈妈的样子，也直竖起身上的棘刺。远远望去，豪猪妈妈和三头小豪猪的后背，简直成了导弹发射平台，似乎只等一声令下，就会万箭齐发。

随着一阵急促的呼吸声传来，黑熊奥卡万戈像一阵风似的已经冲到豪猪妈妈博茨娃娜面前。

豪猪妈妈博茨娃娜竖着身上的棘刺，摇晃着身子，那棘刺也随之发出“嘎嘎”的声响，黑熊奥卡万戈猛地收住脚步，半低着头，打量着眼前的豪猪妈妈，一时竟不知道如何下手。

三头小豪猪躲在豪猪妈妈博茨娃娜身后，也看出黑熊奥卡万戈内心的迟疑，像是给豪猪妈妈鼓劲，更像是和豪猪妈妈联合起来，一起恫吓黑熊奥卡万戈，只见他们三个一起“吱吱”地叫着，身子也步调一致地左右摇晃着，身上的棘刺时不时会碰撞在一起，发出更大的嘎嘎声。

黑熊奥卡万戈绕着豪猪一家转着圈子，也许他是第一次见到有三个脑袋的豪猪，一同仰着脑袋，一块张着嘴冲他尖叫着，每当黑熊奥卡万戈转到三头小豪猪身旁时，都忍不住下意识地向后退几步，伸在嘴外的舌头也会随之收回口腔内，那是他内心紧张的表现。

豪猪妈妈博茨娃娜看在眼里，她知道黑熊奥卡万戈一时还不敢对三头小豪猪动手，自己只需集中精力对付这头黑熊就可以了。

因没了后顾之忧，豪猪妈妈博茨娃娜的动作也敏捷了许多，只见她仰着头，大张着嘴，并把尖尖的獠牙露出来。一副无所畏惧的样子。

豪猪妈妈博茨娃娜当然不是黑熊奥卡万戈的对手，但假如不是特别饥饿，黑熊奥卡万戈也不会将豪猪当猎物。因为豪猪的刺只是很松地嵌在皮肤上，遇到攻击很容易脱落。一旦不小心，豪猪的棘刺就会刺到脸上或皮肤里，因为这棘刺都是带倒钩的，只要扎进去，就不容易被拔掉，即便不会诱发伤口感染，日复一日的疼痛也是一件难以忍受的事呀。

黑熊奥卡万戈自然明白这一点，但他并不打算就此放弃，所以，他试探着又向前迈了一步。豪猪妈妈博茨娃娜见恫吓也没令黑熊奥卡万戈知难而退，就是一个急转身，以背部和臀部朝向黑熊奥卡万戈，使尽全身力气，令脊背上的棘刺像箭一样指向黑熊奥卡万戈。

黑熊奥卡万戈并没再后退，而是又向前逼近了一步，豪猪妈妈博茨娃娜紧张得嘴都变了形，竖立起来的棘刺也在急剧地颤动着，嗓子里还发出拉长的尖叫声。

黑熊奥卡万戈其实有他的主意，别看豪猪妈妈博茨娃娜脊背上的棘刺厉害，假如慢慢接近，再趁其不备，将豪猪妈妈博茨娃娜的身子翻过来，那里可是毫无保护的腹部，再一掌拍下去，定能取了豪猪妈妈博茨娃娜的性命。

黑熊一掌拍下去，能将一头正在奔跑的成年公野牛的头盖骨击碎，更别说失去保护的豪猪了。

打定主意，黑熊屏住呼吸，放轻脚步，一点点向豪猪妈妈博茨娃娜移动。

豪猪妈妈博茨娃娜哪里知道黑熊奥卡万戈的主意呀，因为没了黑熊奥卡万戈的脚步声，她就是打算用后身撞击黑熊奥卡万戈也没有目标呀，她又不敢轻易转头，因头部同样没棘刺保护，也极易遭受攻击。但黑熊奥卡万戈身上的腥臭味越来越浓，豪猪妈妈博茨娃娜知道黑熊奥卡万戈离自己越来越近了，她的后肢向前弯曲着，几乎把脊背鼓成了一个随时向后滚动的圆球。

三头小豪猪可是看得真切呀，眼看黑熊奥卡万戈一步步逼近豪猪妈妈，而豪猪妈妈仿佛还没察觉到，三头小豪猪尖叫一声，同时冲了上去，他们是要保护豪猪妈妈呀，虽然他们才一个月大，但豪猪妈妈有危险，他们也会毫不犹豫地挺身而出，用自己弱小的身躯保护豪猪妈妈。

只见一头小豪猪一下子扑到黑熊奥卡万戈的前爪旁，张嘴就用尖利的牙齿咬了黑熊奥卡万戈的一只前掌，而另外两头小豪猪也分别咬住了黑熊奥卡万戈的两条后腿。

黑熊奥卡万戈被彻底激怒了，他哪里这样被欺负过呀，就是遇到再凶猛的动物，像狮子、鳄鱼，他也从没退缩过，没想到在这里被三头小豪猪崽咬伤了。

黑熊奥卡万戈“嗷呜”狂叫一声，另一只前掌猛地抡了起来，使出浑身的力气向小豪猪的身上拍去。

就在这千钧一发之际，豪猪妈妈博茨娃娜，身体倒退着撞向黑熊奥卡万戈；同时，还猛地收缩背部的肌肉，绷紧的肌肉像拉开的弓箭，棘刺就像搭在弦上的箭，并靠肌肉弹动的力量，一支一支地射出来，如同开弓放箭一般，虽然这些箭射出后的力量很小，没有杀伤力，但有一支正射在黑熊奥卡万戈的眼角上，黑熊奥卡万戈条件反射似的身子向上弹跳了一下，以躲避射来的豪猪棘刺，无形之中，另一只拍下来的前掌的力量就减去了七八分，而此时，豪猪妈妈博茨娃娜已经把那头小豪猪护在身子下面，而自己的后背却重重地替小豪猪挨了一掌。

黑熊奥卡万戈一掌下去，就知道自己错了，随着黑熊奥卡万戈又一声撕心裂肺般的惨叫，豪猪妈妈后背上的几根棘刺已经刺穿黑熊奥卡万戈厚厚的前掌，而豪猪妈妈博茨娃娜也从口腔喷了一口鲜血。

黑熊奥卡万戈两只后掌站在地上，眼睛直直地盯着豪猪妈妈博茨娃娜，他"嗷嗷"地吼叫着，又抡起了另一只前掌，刚刚被黑熊奥卡万戈打得口吐鲜血的豪猪妈妈博茨娃娜，哪里还有反抗的力量，此时她已经全身发软，一动不动地躺在那里。

被护在豪猪妈妈博茨娃娜身子下的那头小豪猪已经从妈妈的身子下钻出来，而另外两头小豪猪也和前面这头小豪猪，并排站在一起，像盾牌一样，把豪猪妈妈博茨娃娜保护起来。

三头小豪猪一同仰着小脑袋，勇敢地直视着黑熊奥卡万戈的眼睛。而黑熊奥卡万戈高扬的前掌突然落下，并没有击打在小豪猪的后背上，而是顺势推了小豪猪一下，没有丝毫防备的小豪猪结果被掀了个四脚朝天，使其柔软的腹部暴露无遗，黑熊奥卡万戈瞅准机会，猛地低下头，就向这头小豪猪的腹部撕咬去。

豪猪妈妈博茨娃娜看在眼里，再想过来急救，哪里还来得及。急得她不停地"吱吱"尖叫着，仿佛在警告黑熊："别伤害我的孩子!"又仿佛是在呼喊另外两头小豪猪，快去，快去救自己的兄弟呀!

果然，附近那头小豪猪就地一滚，一下子翻到了腹部朝天的小豪猪身上。躺在地上的小豪猪伸腿就紧紧挽住上面小豪猪的四肢，那样子就像手挽手一样，没有防备的黑熊奥卡万戈，猛扎下来的嘴巴顿时被小豪猪的棘刺刺中了，黑熊奥卡万戈嘴里呜呜叫着，还伤心地抽搐着鼻子，放弃了继续攻击，豪猪一家这是捡了几条命呀。

黑熊奥卡万戈把受伤的前掌端放在胸前，就像人受伤的胳膊打着绷带时的样子，慢慢腾腾地转过身，有如一个怀孕的高龄孕妇，蹒跚着顺着小溪向下游走去。

豪猪妈妈博茨娃娜见黑熊奥卡万戈离开了，也忙招呼三头小豪猪向森林里走去。

路上，豪猪妈妈博茨娃娜边走边用鼻子嗅来嗅去，然后在一个地方停下来，眨巴着小眼睛，像是在思考什么，随后用嘴巴猛拱地面，不一会儿，地面便被拱出一个小坑，长在那儿的植物根茎便裸露出来；豪猪妈妈博茨娃娜“哼哼”叫几声，招呼三头小豪猪前来进食，三头小豪猪这是第一次随妈妈外出采食，但他们一见那圆滚滚的根茎，就知道那是食物，他们撒着欢地跑过去，头挤在一起，一块扑在食物上，而豪猪妈妈则是满心欢喜站在一旁，摇着尾巴，看着她的孩子吃食。

三头小豪猪只吃了一口根茎，咂着嘴，退到一边，都眼巴巴地瞅着豪猪妈妈博茨娃娜，那神情仿佛在说：“我们都吃过了，特别好吃，现在该轮到妈妈吃了！”

豪猪妈妈博茨娃娜内心一阵激动，她走到三头小豪猪跟前，伸出舌头亲昵地舔着他们的小脸；三头小豪猪，伸着脖子，仰着小脑袋，微闭着小眼睛，那样子，就像是豪猪妈妈博茨娃娜在给他们洗脸呢。

回家的路上，他们还找到一片野花生地，他们都吃得肚子圆滚滚的，跟皮球一样，一路滚动着回家了。

在森林里深处，有一棵很大的胡桃楸，这棵树下有一个岩石自然形成的大洞，那里就是豪猪的家。

獴娜丽莎

雨　街

当墨色的天空像被舒缓的流水冲淡了一样，像翅膀一样飞翔的晨光也从东方出现。獴娜丽莎“吱”的叫了一声，像是一下子打开了睡梦的开关，前腿使劲向前伸着，后腿像短跑运动员起跑时的踏板一样，先是紧紧地踏着不动，紧接着又猛地一松，使劲向后伸去，整个身子就像一条拉长了的口袋似的，肚皮几乎要贴到地面了。獴娜丽莎好像很享受这样的姿势，晃荡着脑袋，又把嘴巴张得大大的，猛地吸进一口气，尾巴猛地向上一甩，一下子甩在洞顶上，甩起一片尘土，而那尘土仿佛有了向前的推力，獴娜丽莎的身影也随着那尘土的推进，一下子蹿出洞外。

洞口外已经聚集了九只獴，加上獴娜丽莎正好十只，他们都用后腿站立着，面对着太阳升起的方向，一动也不动，只有像外星人一样的大眼睛，偶尔会眨上一眨，真让人怀疑呀，他们是不是外星人的后代，此时此刻，他们遥望的会不会是回家的路呀！

獴的邻居蝙蝠耳狐已经捕猎归来，他跑在草地上，只发出轻微的，细小的“沙啦沙啦”响声，站在沙棘树上放哨的另一只獴攀着树枝低头向下望着，只见那狐嘴里叼着一只草原犬鼠，绕着树下的阴影，跑了过来，它轻轻叫了一声，两只毛茸茸的小狐，像两个圆滚滚的小球，从洞里奔出来，朝着爸爸嘴边的草原犬鼠扑过去，狐爸爸松开嘴，那犬鼠一下子掉在地上，更没想到的是，那犬鼠还是活的，一落到地上，便顺着草丛逃跑了。

想在犬鼠身上猛咬一口的那只小狐吓了一跳，而蝙蝠耳狐则竖着雷达一样的大耳朵，机警地巡视着四周。

另一只小狐见犬鼠逃跑了，身子猛地向空中一跃，两只前爪并拢在一起，刚刚长出的爪尖也从肉垫里伸出来，然后向下一按，想把草丛中的犬鼠按住；那犬鼠被逼得走投无路，就拼命反抗起来，他使劲扭动身体，反嘴就用尖利的牙齿在小狐的腿上狠狠咬了一口；小狐痛得吱吱叫着，狐爸爸像弯曲的火苗，只是一闪身，就把犬鼠给咬死了。

狐爸爸退到一边，两只小狐重新像小肉球一样滚过去，但也就是一瞬间，两只小狐连滚带爬地逃到狐爸爸身下，鼻尖藏在两只前爪里，身子仍在不停地哆嗦着，似乎连大气也不敢喘了。

狐爸爸低下头，伸出舌头舔了舔连头都不敢抬起来的小狐，小狐仍趴在那里，呜呜的，像是在哭。

攀在沙棘树上放哨的那只獴猛地摇晃起树枝，狐爸爸顺着声音抬起头，只见狐妈妈像是草尖上舞动的绸带一样，迅速地向这边跑了过来。

狐妈妈跑来的方向是下风口，她嗅到了敌人的气味，而狐爸爸此时在侧风面，所以他闻不到敌人的气味，这就很危险。

正在狐爸爸迟疑的片刻，眼前的草丛突然就像被梳子分开一样，唰唰地向两边倒去，此时狐爸爸终于看清了，像溜冰一样爬来的是一条他从未见过的大蛇。

那蛇头部呈椭圆形，微抬着，细长分叉的蛇信子从沟牙之中长长地伸出来，像探测器一样左右扫描着，长达五六米的黑褐色身躯碾过草丛，呼呼地向狐爸爸和两只小狐猛扑过来。

狐爸爸完全有机会逃走，但他怎么能扔下自己的孩子呢。虽然他知道自己不是眼镜王蛇的对手，但他还是摆开一副决斗的架势，径直向眼镜王蛇扑去。

眼镜王蛇没有料到蝙蝠耳狐会这样疯狂反扑，竟吓了一跳，前身像颇有弹性的枝条，一下子从地面弹起来，圆圆的颈部仿佛一下子被压扁了似的，也向两侧膨胀了许多，高抬的蛇头紧紧盯着狐爸爸闪躲腾挪的方向。此时狐妈妈也赶了过来，她就像一团燃烧的火焰，身子高高向上一跳，先是躲过眼镜王蛇横扫过来的尾巴，然后就地一滚，在蛇尾巴上狠狠咬了一口，已经狂暴的眼镜王蛇尾巴猛地向回一收，又猛地向外一甩，狐妈妈就被高高地甩了出去。眼镜王蛇不再给狐妈妈任何机会，掉头就向狐妈妈冲了过去，此时，狐妈妈正好从高空之中落下来，眼镜王蛇张开沟牙交错的大口正迎着她呢。

这条眼镜王蛇横行这片草原多年了，就连兽中之王狮子也曾吃过他的苦头。

有一年，一头叫丹佛儿的母狮带着两只幼狮在夏儿克石丘上玩耍，母狮拖着尾巴，只轻轻一跃，就攀上了丘顶，而小狮子由于脚力不够，加上爪子还不锋利，抓不牢光滑的石头，几次向上爬，只爬到一半，便“吱噢吱噢”地滑了下去，母狮站在丘顶上，用充满爱意和关切的眼神看着这两个小家伙，并不时竖起耳朵尖，警惕地注意着四周的动静。

两只幼狮仍像两个滚动的小肉球一样，在石丘下追逐着，戏闹着，其中一只还把另一只的尾巴尖叼在嘴里，另一只小幼狮一回头，伸出两个前爪，一下抱住后面的小幼狮，就地一滚，两只小幼狮又重新扭打在一起。

母狮看两只小狮玩得正欢，也忍不住“嘿噢嘿噢”扬头笑起来。

就在这时，天空中传来大斑鹫短而急促的叫声，母狮妈妈知道要出什么事了，她一个跃身从石丘上跳下来，回到两头幼狮身边。

影子一样的大斑鹫仍在天空盘旋着，并没有飞走的意思，看来这附近就有毒蛇出现，刚才还在戏耍的小幼狮瞪着圆溜溜的小眼睛，也顿时紧张起来，嗓子里还不时发出略显惊恐的“嗯儿嗯儿”的叫声。

也就在这一瞬间，一条又粗又长的眼镜王蛇像滑冰一样，弯曲着身子向两只小幼狮滑了过来，分叉的黑红色蛇信子，像两条火焰，好像随时都会点燃这片草地。

丹佛儿顿时警觉起来，她的耳朵向后收拢起来，眼睛也眯成一条长缝，压低了身躯，试探性地迈着碎步，一步一步迎了上去。

母狮身上浓烈的气味也令眼镜蛇王提高了警惕，他盘起身子，直视着丹佛儿，他知道，幼狮才是他想要捕获的猎物，但有母狮的阻止，他不会轻易成功。

眼镜王蛇微微抬起头，一动也不动，只有蛇信子发出“咝咝”的声音。

母狮从没和蛇这一类的猎物搏斗过，也许她的内心也和人类一样，对这样的东西有一种天性的惧怕，所以，她收住脚，并向后退了一步，她打算带着两只小幼狮离开这里。就在母狮想要转身之际，眼镜王蛇竟伸长了脖子，像松开的弹簧一样，猛地向上一弹，就立起半人多高，母狮子本能地向旁边一躲，伸出锋利的右爪向眼镜王蛇的颈部扫了过去，眼镜王蛇的身躯如不倒翁一样，顺势一倒，随势又反扑过来，一口咬住母狮丹佛儿的腿，并把毒牙扎进了母狮的身体，瞬间，蛇毒就通过毒牙注入了母狮的体内。

丹佛儿像被大马蜂蜇了似的，“嗷”的一声，身子向高处弹跳起来，同时左爪前曲，在落地的刹那，利爪在眼镜王蛇的身上由前向后扫过，鳞甲似的蛇皮硬被生生剥落一大截。眼镜王蛇身负重伤，身体蜷缩成一团，在草丛里翻滚着。而此时，蛇毒已经发挥作用了，丹佛儿身体僵硬地摇晃起来，她的嘴角吐着长长的白沫，仿佛在用尽全力，“呜噢呜噢”呼唤两只幼狮快回到狮群去。不甘心失败的眼镜王蛇拖着一截露出红色肉体的身躯，冲母狮丹佛儿喷出一股毒液后，又猛扑了上来，天空忽然一暗，就像凭空飞来一块乌云，母狮本能地向后退了几步。

其实那不是乌云，而是大斑鹫巨大的翅膀，夹着风势俯冲下来，铁钩似的利爪，一放一收，就抓着眼镜王蛇飞向了天空，眼镜王蛇像闪电一样在大斑鹫的身躯下狂舞着，椭圆形的蛇头也像利剑向上刺去。大斑鹫长啸一声，但见那眼镜王蛇就像一条绳子，被大斑鹫从高空抛了下来。

母狮丹佛儿身受重伤，她已经失去了方向感，摇摇晃晃地在草原上蹒跚着，四五条鬣狗仿佛看到了机会，前长后短的四肢围着母狮丹佛儿“吱呀吱呀”地乱叫着，母狮哪里还有反抗的力气，她蹲下后半身，护住身体最脆弱的腹部，张开血盆大口冲鬣狗群吼叫着。

也许是鬣狗群觉得和母狮殊死搏斗不值得，也许是他们嗅到丹佛儿身中剧毒的味道，他们停止了攻击，“嗷嗷”叫了几声，便向更远处跑去。

就这样，母狮丹佛儿度过了七天炼狱般的生活，终于恢复了体力，又回到狮群中生活，但她却对眼镜王蛇充满了仇恨，可是她寻找了几年，这条眼镜王蛇就像从这片草原上蒸发了一样，哪里还有他的踪迹。

今天一早，丹佛儿刚从睡梦中醒来，庞大的身躯卧在波巴布树下的晨曦里，这种树的树冠像云一样舒展着，就像专为丹佛儿高高

举起的华盖一样，更衬出这母狮的威严。母狮张开大口，长长地打了个哈欠，就听到远远传来一种她永远难以忘记的打斗声，尽管那声音距离这里很遥远，听来并不真切，但她知道，这是那条眼镜王蛇和其他动物在搏斗。

母狮一跃而起，顺着声音传来的方向跑去，就像从晨曦中穿越而过，转眼间就消失在茫茫的草原之中。

獴娜丽莎比狮子的动作更迅捷，只见她猛地向后紧绷嘴角的肌肉，露出厚厚的门牙，身体就像划了一条弧线，落在眼镜王蛇的身上，之后一跃而起。只是一口，獴娜丽莎就咬穿了眼镜王蛇的肌腱，就是这样，獴娜丽莎还是不肯松口，而是拼命左右摇晃着脑袋，只听“刺啦”一声，一块蛇肉，连骨带皮就被撕咬下来。眼镜王蛇放弃了对狐妈妈的进攻，反头向獴娜丽莎袭来，而獴娜丽莎的速度比眼镜王蛇更快，在眼镜王蛇袭来之前的一秒，跳到安全的地方，而眼镜王蛇收势不住，竟一头击在自己的尾巴上，随着“咚”的一声巨响，那尾巴应声而断，眼镜王蛇的眼角也有血流了出来，也许是被自己尾巴上的骨刺刺破了，他像疯了一样甩着已经断了一截的尾巴，一时间草屑乱飞。

獴娜丽莎越战越勇，她身子向后一蹲，前腿平扒在脑袋前面，好像要给身子带路一样。

眼镜王蛇左右晃动着脑袋，防御着獴娜丽莎的进攻。果然，獴娜丽莎后蹲的后腿突然发力，一个箭步就向眼镜王蛇的颈部扑去，眼镜王蛇不躲不避，迎头向獴娜丽莎撞击过去。

眼镜王蛇的头部就是重重的利器，鸡蛋粗的木棒在他的迎头撞击下都会断成两截，要是撞击在獴娜丽莎身上，非把獴娜丽莎的骨骼击得粉碎不可。

但眼镜王蛇不知道刚才獴娜丽莎的进攻是虚晃一招，她只是身体向前一跃，随之又退了回来，而眼镜王蛇的重重一击扑了空，直挺的身子就像安着弹簧一样，又硬生生地把蛇头拉了回去，而獴娜丽莎随着眼镜王蛇的收势，身子重新扑了上去，眼镜王蛇再想反击哪里还来得及，只好眼睁睁地看着獴娜丽莎在自己身上又猛咬出一个洞来。

獴娜丽莎左闪右躲地进攻着，眼镜王蛇一次次把头伸向獴娜丽莎，想把她一口咬住，但獴娜丽莎躲得很快，眼镜王蛇总是咬不到她，自己的身上反而让獴娜丽莎重重地咬了几口。越是这样，眼镜王蛇越有种被戏耍的感觉，也就越发狂怒。

眼镜王蛇一次又一次徒劳地出击着，直至筋疲力尽，软软的身子盘成一团，把椭圆形的脑袋保护在最里面，颤抖着，再也没了刚才的凶残之相。獴娜丽莎身上的毛竖着，拖着一条浓烟似的大尾巴，绕着眼镜王蛇转，她是在寻找机会，想出其不意地一口咬着蛇的脖子，但这条眼镜王蛇很狡猾，任凭獴娜丽莎在他的身上又抓又咬，就是不肯出击，獴娜丽莎也只有干着急，而毫无办法。

就在獴娜丽莎寻找着进攻机会之际，攀在沙棘树放哨的那条獴突然摇晃起树枝，发出“咿啊咿啊”的叫声，他是在向獴群发出信号，意思是：敌人来了，要小心！

这一带有许多獴的天敌，天上飞的有大斑鹫，地上跑的有鬣狗、豹、狮，所以獴从不敢掉以轻心，除了自己时不时地观察周围是不是有危险，还在高高的沙棘树上安上观察哨，这些动物要想捕捉獴，成功的机会简直微乎其微。

獴娜丽莎和其他獴钻入草丛，逃回洞里去了，蝙蝠耳狐爸爸、妈妈也带着两只幼狐逃回洞里，把幼狐安顿好以后，狐爸爸马上又跑到洞口向外张望着，他有着很强的好奇心，如果不弄清敌情，就是躲藏在洞穴里也会觉得不踏实，就在他东张西望之际，他看到了獴娜丽莎的眼睛正紧紧盯着那条眼镜王蛇，只见那条盘在一起的蛇，像绳子一样慢慢拉长，那是他想趁机逃走了。

獴娜丽莎的脖子向下一弯一弯的，喉咙里也发出无奈的叫声，她抬头向沙棘树上望去，在树上放哨的那只獴变得更加紧张，但并没有逃回洞里的打算。獴娜丽莎知道，天敌一定是地上跑的，而不是天上飞的，至于是什么天敌呢，在獴娜丽莎迟疑的片刻，就感觉有一阵强劲的风刮过，原来是母狮丹佛儿赶了过来，眼镜王蛇此时哪里还有反击之力，他回头张开大嘴，发出“嗞嗞”的声音恫吓着，但丹佛儿仅一个捕捉动作，分开的四肢就紧紧地踏在了眼镜王蛇的身上。前爪死死地按着蛇头，防止他反咬一口，前曲的后爪则像手术刀一样猛地向后划去，巨大的眼镜王蛇的躯体转眼间就被剖开一条长长的口子，站在沙棘树上放哨的那只獴显然是被眼前的情景惊呆了，以至都没注意到天空中顺势飞来的大斑鹫。

只见那大斑鹫翅膀一斜，铁钩一样的利爪扫过草丛，就把在地上翻滚的眼镜王蛇抓了起来，然后两翅迅速向上扇动，就像飞机猛然拔高一样，直直地升到沙棘树的上空，然后松开双爪，眼镜王蛇的身躯翻滚着直直地落下来，重重地砸在沙棘树上。沙棘树的树枝向下一弯，又猛地向上反弹回去，无数沙棘树的树枝像剑一样穿透了眼镜王蛇的躯体，死死地把他钉在了上面。而那只攀在树上放哨的獴也被震落到地上。

母狮丹佛儿就像什么也没发生一样，顺着晨光向自己的领地一步步走去，大斑鹫也早已飞得无影无踪，狐爸爸试探性地跑到洞的外边，被他咬死的那只草原犬鼠还在，只见他把犬鼠叼起来，一路小跑来到獴娜丽莎的洞口前，轻轻放好，就转身离开了。看来，这是狐爸爸在向獴娜丽莎感谢救命之恩呀。

山鸡半克

雨　街

山鸡半克出生在格尔山脚下的一个草穴里，走出草穴，就是浓密的草丛。草丛里的虫子可多了，有会结网的蜘蛛，也有会鸣唱的蟋蟀，还有会跳舞的蝴蝶，更多的是螽斯、金龟子和毛毛虫。山脚下，是一条蜿蜒的小溪，里面的水哗哗地流淌着，遇到石头，还会飞溅起浪花。那浪花，像抛在空中的水晶珠子，被阳光一照，明晃晃的，但瞬间又跌落进流水中，不见了踪影。

半克长这么大，还没去过山顶。山顶上，云雾缭绕，鸡妈妈说那儿有专吃山鸡的老鹰。

虽然半克没去过山顶，但老鹰却经常飞到山下来，山鸡妈妈就是被山顶上的老鹰捉去的。

那还是夏天，山鸡妈妈带着半克和另外六个孩子，“叽叽”着走出草穴，这七只小鸡刚孵出来不长时间，有的羽毛还没干呢。

鸟类和某些哺乳动物，出生后会有一个比较长的哺育过程，山鸡则没有，一出生，就必须学会自己寻找食物。不过山鸡妈妈也会照顾他们，就是教他们如何寻找食物。

山鸡妈妈走在整个鸡群的最前面，她一边在草丛中走路，一边打量着地上，一旦发现哪儿有异样，尖利的爪子就会伸过去，按牢，然后使劲向后一刨，隐藏在土里的小虫子就会被挖出来。那虫子在地上弹跳着，扭动着，山鸡妈妈追上前去，用喙在那虫子身上猛啄几下，虫子便身受重伤，失去了逃跑的能力，山鸡妈妈冲着小虫子“咕咕”叫着，好像在说：“宝贝们来呀，这儿有好吃的东西!”

小山鸡听到妈妈的叫声，扇动着小翅膀，跌跌撞撞地跑过来，虽然虫子很小，但几只小山鸡仍争来抢去的。有时，一只小山鸡把虫子叼在嘴里，转身就跑，其他小山鸡哪里肯放过，就在后面追赶，山鸡妈妈见此情形，就会“咯咯”地叫几声，那是山鸡妈妈在笑呢。

山鸡是一种胆子非常小的禽类，他们每天必须时刻小心翼翼，因为他们的敌人太多了。

天上飞的有老鹰，地上跑的有狐狸、狼，就连爬着走路的蛇也会袭击他们，而他们却没有什么防身的武器，唯一能做的就是躲避和逃跑。

山鸡妈妈一边看着小山鸡东瞅瞅、西看看地在草丛里寻找着食物，一边小声地“咕咕”叫着，那是她在提醒小山鸡：跟着妈妈走呀，可别走丢了。

小山鸡一只只都很听话，只有叫半克的比较顽皮，喜欢独自跑着玩，当她看到花朵上有蝴蝶飞舞，就跳跃着去捕捉。但她的脚力现在还不够，跳不了多高，翅膀的力量也借助不上，但她不肯放弃，仍不停地跳着。

在花朵上采花粉的蝴蝶被半克的举动吓了一跳，但那蝴蝶看半克并没什么恶意，便飞下来，落到半克的头上。那翅膀还一张一合的，就像半克头上开了一朵花似的。

山鸡妈妈没注意到半克落在了队伍后面，她仍小声“咕咕”叫着，她是要领小山鸡到溪边饮水呢。

等半克发现身边没了山鸡妈妈和小山鸡的踪影，便惊恐地尖叫起来："吱吱——吱吱——"那是她在呼唤山鸡妈妈呢！

半克一边叫，一边在草丛里跑来跑去地寻找着，可山鸡妈妈已经走远了，听不到山鸡半克的叫声。此时，她正和小山鸡们沿水边一字排开，等着饮水呢。

老鹰属于小型猛禽，一般以山鸡、鸟类、鼠类为食，但这些都是胆子特别小的动物，就是外出活动，也都特别谨慎，想要捕获也并不容易，所以老鹰要经常外出巡视猎物。今天机会终于来了，山鸡妈妈正带着小山鸡在溪边饮水，此时不出手，更待何时呢！

正在高空盘旋的老鹰猛地收起翅膀，身体就像一发出膛的炮弹，呼啸着向地面俯冲而来，快到地面时，老鹰侧了一下身子，翅膀也瞬时打开，地上的茅草，被老鹰翅膀卷起的劲风带得向一边倒去！

"咯咯，咯——哆——啰，嘎嘎！"山鸡妈妈尖叫起来，这是她招呼小山鸡们快躲起来，敌人来了。

小山鸡们听到妈妈发出的警报，有的扑腾着小翅膀拼命钻进石缝中，有的向茅草丛里钻去，可山鸡妈妈不能躲藏呀，她还有孩子需要保护，只见山鸡妈妈双腿猛地在地上一蹬，迎着老鹰飞了过去。

老鹰被山鸡妈妈的举动吓了一跳，老鹰知道，在高速飞行中与山鸡妈妈相撞，那就等于同归于尽。

老鹰下意识地向旁边一转身，翅膀与山鸡妈妈擦肩而过，顿时，老鹰和山鸡妈妈翅膀上的羽毛都被碰落了许多根。

"嘎嘎！"山鸡妈妈又是一声尖叫，扑腾着翅膀落进一片草丛中。老鹰也"啾溜啾溜"地发出一声声长啸，翅膀向下一沉，身体马上又转了过来。

山鸡妈妈还想飞起来撞向老鹰，但她的翅膀被茅草缠住了，何况在和老鹰的翅膀碰撞时受了伤，现在哪里还飞得起来。

若是换作以往，山鸡妈妈也许早就吓破了胆子，更别说和老鹰作战了。但现在却不一样了，她的子女需要她保护，山鸡妈妈一下子变得无所畏惧起来。

但山鸡妈妈毕竟不是老鹰的对手，老鹰瞅准机会，在飞过山鸡妈妈头顶之时，收拢的翅膀猛地展开，劈头盖脸地向山鸡妈妈的身上横扫过去。

这一击，老鹰用上了翅膀的全部力量，山鸡妈妈顿时被重击得踉跄起来。就在这时，抓住这个空当的老鹰爪子向下一落，就站在了山鸡妈妈的后背上，山鸡妈妈的嘴角流血了，但她仍不肯倒下，驮着老鹰向前跑去。

山鸡妈妈明白，只要离小山鸡远一些，他们就安全一些。

老鹰对今天能捕获山鸡妈妈感到很满意，所以他并不急于把山鸡妈妈杀死，而是让自己像个骑手似的，让山鸡妈妈驮着他走。

也许是老鹰觉得玩够了，才抬起一只爪子，按在山鸡妈妈的头上，爪子轻轻一收，就把山鸡妈妈的头攥在了爪子中，羽翼也上下一起一伏地扇动着，就这样，山鸡妈妈被老鹰带上了高空。

“嘎嘎!”山鸡妈妈仍在尖叫着，那声音是那么凄惨，仿佛是在说，“宝贝呀，妈妈舍不得你们呀，今后没了妈妈，你们要照顾好自己呀!”

半克听到妈妈的叫声，她扑腾着翅膀向着山顶追去，但她也只是向上追了几步，就再也看不到老鹰和妈妈的影子了。

没了妈妈，山鸡半克到现在还没吃过食呢。她现在感觉到肚子饿了，身子也有些站立不稳。

所以，半克心想，要不先找点食物吃吧。半克曾看到过山鸡妈妈用爪子把地刨开，在土里找虫子吃，半克也想这样做，但她现在还是太小了，爪子根本刨不开地面。再说，并不是所有的地方都有虫子吃，半克现在还不懂得这些，等长大了，她就会渐渐明白了。

半克的眼睛始终盯着地下，没多久，还真让她看到一条已经死去的虫子。半克忙跑过去，用喙在上面使劲啄几下，直到把虫子的躯体啄烂了，才一点点吞进肚子里。

草丛中因各种原因死去的虫子有很多，这些虫子有的死的时间长，有的死的时间短，味道都不如活虫子好吃，但最起码半克不会饿肚子了。

吃饱了，半克拍拍已经有些力量的小翅膀，接着向前走去。这时，忽然有一股浓烈的腥臭味迎面扑来，半克急忙向后倒退几步，向前望去，只见一条白底黑条纹的大蛇，吐着黑红色的蛇信子，没有光泽的眼睛死死盯着半克，蛇脖子向里弯曲着，像一把蓄势待发的弓箭，只需轻轻一松手，那箭镞就会毫不犹豫地射向敌人。

半克本来想逃跑，但身体仿佛被那条黑白蛇施了定身法，一动也不动地站在那里。

就在这千钧一发之际，就见一只满身长刺的家伙，一下子横在了黑白蛇和半克之间。

黑白蛇也感觉到了情况的变化，像箭一样射出的蛇头，随着身体像拱桥一样向上隆起，竟被硬生生地拉了回去，尽管这样，蛇头还是在那满身是刺的身体上方扫了过去，蛇的鳞片与利刺碰撞，顿时响起“咔吧咔吧”的声音。

这个满身带刺的家伙是一只刚做了妈妈的母刺猬。

今天天才放亮，刚刚分娩的刺猬妈妈到山脚下的小溪旁饮水，但她惦记自己刚出世的孩子，她知道此时那些小肉球一点攻击能力都没有，甚至连躲藏都不会。所以，她只喝了几口水，就匆匆忙忙赶了回来，但还是晚了一步，刚才还圆滚滚活泼可爱的两个小宝宝，已被在附近窥伺已久的黑白蛇吞入腹中。

黑白蛇见刺猬妈妈赶了过来，心里也是一惊，慌忙逃去，刺猬妈妈急忙追赶，但黑白蛇在草丛里，就像贴着地皮在飞一样，刺猬妈妈哪里还追得上，转眼工夫，就没了黑白蛇的踪影。

刺猬妈妈一边走，一边左顾右盼，有时还会低下头来，鼻子贴着地面向前寻找，因为黑白蛇留下的气味就是路标。

也不知道追出去了多远，刺猬妈妈看到黑白蛇正要对一只小山鸡发起攻击，便“嗖”的一声跑过来，挡在了黑白蛇与小山鸡之间。

黑白蛇在收回蛇头之后，理智告诉他快快离开，所以他的身形向下一沉，身体就像顺着草丛蜿蜒流淌的细流，“哗啦啦”地向前流去。

刺猬妈妈怎么肯就此放黑白蛇离去呢，就在黑白蛇滑行的蛇身将要拉直还盘在一起的蛇尾之际，刺猬妈妈那尖利的牙齿已经把蛇尾紧紧咬在嘴里。

“咝咝——”受伤的黑白蛇发怒了，条件反射似的回转蛇身，猛地收紧，一圈圈地缠在了刺猬妈妈身上。

大概刺猬妈妈刚才咬得太疼了，这疼痛已经盖过刺猬刺扎在身上的疼痛。看来，黑白蛇是想用身体把刺猬妈妈绞死呢！

刺猬也毫不示弱，就在黑白蛇缠住她身体的同时，就地一滚，带着缠在身上的黑白蛇，顺着山坡滚落下去。

山坡本不是平坦的，除了枯枝败叶，还有大大小小的石头，那石头有的还尖尖的，像锥子一样向上竖立着，没滚多久，黑白蛇的蛇皮就像碎屑一样脱落下来，飞溅到空中，黑白蛇“咝咝”地吼叫着，再想从刺猬妈妈身上摆脱出来，哪里还有机会。

只见黑白蛇和刺猬妈妈越滚越快，遇到大的石头，还会像皮球一样被高高地弹起来，然后又重重地落下，接着向下滚动，一直滚到山坡下面，才停顿下来。

此时，黑白蛇已经血肉模糊，蛇头也不知道在什么时候被撞没了，尾巴也断了一截。而刺猬妈妈的身体因为有黑白蛇的身体在外面保护，没受一点伤。

刺猬妈妈抖动了一下身体，伸出爪子，扒开黑白蛇的肚子，寻找着小宝宝的足迹，哪里还找得到，刺猬妈妈悲惨地叫了一声，又用鼻子去嗅，最后她还是失望了，那里连小宝宝的气味也没有了。

刺猬妈妈又仰着头伤心地叫了一声，摇摇晃晃地向着山坡的方向走去，半克看到刺猬妈妈回到山上，也慢慢地跟在她的身后，半克认定了刺猬妈妈会是她的好朋友，离她住的地方近一些，无形之中就多了一些保护。

刺猬妈妈刚失去了两个宝宝，可能是特别伤心的缘故，也可能是她的宝宝唤醒了她对这个世界的母爱，她竟然接纳了半克。

虽然刺猬妈妈身上长满了利刺，但她也有自己的天敌，这个天敌就是猪獾。

半克不知道这些，还以为刺猬是世界上最厉害的动物呢。直到有一天夜里，睡在刺猬妈妈窝旁边的半克，听到刺猬妈妈发出凄厉的如同婴儿哭泣一样的叫声，在这种哭声中有一种声音更令人毛骨悚然，那声音就像从凄风苦雨中飘过来的一般："啊——嗷——呜呀呀!"那是猪獾准备向刺猬妈妈发动攻击呢。

半克听到刺猬妈妈的叫声，没有一丝犹豫，马上冲了过去。

猪獾没想到背后会有动物攻击他，他"嗷嗷"叫着，挪动着并不怎么灵活的肢体，想回头看个究竟，半克双腿向上一跳，在身体下落的瞬间，又在猪獾的脸上又啄了一下，这一下正啄在猪獾的眼睛上，猪獾的眼球当时就破裂了，胶状物和晶状体随着鲜血从眼眶里流出来，刺猬妈妈也借此机会，逃离了猪獾的攻击范围。

猪獾像疯了一样，“嗷——啊——呀呀”叫得更响了，粗壮的爪子不停地拍打着地面，长长的嘴也是碰到什么咬什么，不长时间，刺猬妈妈的家就被猪獾咬得残破不堪。

而刺猬妈妈和半克，从猪獾的口中逃出来，顺着山坡向高处爬去，她们也不知道走了多久，来到了一片茅草地，熟悉的环境和熟悉的味道让半克一下子想了起来，这里就是她的家，她就是在这里出生的。

半克“叽叽”叫着，一路小跑着钻进自己的草穴。草穴里，山鸡妈妈的味道还在，兄弟姐妹的味道还在，半克就像躺在他们中间一样，卧在草地上，没一会儿工夫就香甜地睡着了。

刺猬妈妈从没想到，山鸡半克会救她，她的心中也是感慨万分，所以她在内心对山鸡半克又多了一份亲近。

刺猬妈妈和山鸡半克的食物链基本相同，从这以后，她们更是形影不离了。

转眼秋天到了，山上的狐狸此起彼伏地鸣叫着，好像在说：“秋天好呀！秋天终于来了。”

秋天的猎物又肥又美，这也是狐狸收获的季节。只有天上的大雁“嘎嘎”叫着向南方飞去。

刺猬妈妈有时会瞅着山鸡半克发呆，她知道秋天到了，冬天也就不远了，到了冬天，刺猬都是要冬眠的，没了自己保护，半克会不会有危险呢？

半克好像没注意到刺猬妈妈心理的变化，除了觅食，就是练习飞翔，现在半克已经能一口气从半山腰飞到山下，然后又从山下扑腾着翅膀飞回来了。

正在山顶盘旋的老鹰注意到了这只飞来飞去的山鸡，他悄悄地降低飞行的高度，寻找着出击的机会。

半克已经注意到了这点，她便不再远离草穴，但仍在草穴上空飞来飞去。

老鹰一般更喜欢在空旷的地方捕捉猎物，因为在草丛里要想捕捉猎物会增添很大难度，因为猎物可以藏身的地方比较多，弄不好，还会弄伤自己的翅膀。

今天，山鸡半克虽然还是只在草丛里飞来飞去，但她一次比一次飞得高，还“咯咯”地尖叫着，好像在向老鹰发出挑战似的。

这只老鹰已经有好几天没捕捉到猎物了，他的肚子实在太饿了，面对山鸡半克的挑战，他还是决定碰一碰运气。

老鹰再次降低了飞行高度，而山鸡半克却一拍翅膀，竟然迎着老鹰飞了过去。

“啾溜！”老鹰长啸一声，好像在说，“山鸡呀，你这是找死呢！”叫声未落，老鹰一收翅膀，猛地向半克俯冲过来，而山鸡半克，也是随即一收翅膀，身子像一块重重的石头向草丛里落去。

山鸡半克身体甫一落地，甩开双腿，就沿茅草中踩出的小路向前跑去。这茅草丛里还长有不少荆棘，老鹰不敢用翅膀去拍击半克，落地后，双腿一蹦一跳地在后面紧追。

老鹰在地上显然没山鸡行动敏捷，只是一转眼的工夫，山鸡半克就钻进了自家的草穴。老鹰一蹦一跳地追到草穴边，并不进去，而是低着头不停地向里面打量，等他确信山鸡半克就躲在里面，他伸出爪子向里抓了几下，可是根本什么也抓不到。

老鹰抬起头，眼睛左顾右盼着，躲藏在草穴中的山鸡半克又“咯咯”尖叫了一声，正是半克的这声尖叫，促使老鹰弯下了腰，并像迈方步似的，迈着又粗又壮的两个大爪子，向草穴中钻去。

与此同时，响起了老鹰凄惨的尖叫，还有翅膀疯狂拍击在草穴上的声音。

原来，老鹰的身体刚一钻进草穴，他那伸长的脖子就被刺猬妈妈死死地咬住，只一口，就把老鹰的脖子咬断了。老鹰尖叫一声，头栽了下去，笨重的身体也向前倒去，只有翅膀还在机械性地扑腾着。

刺猬咬死了老鹰，为山鸡妈妈报了仇。但有一点不是很清楚，刺猬妈妈和山鸡半克是怎样做出这样的计划的呢！

天气渐渐变了，刺猬妈妈活动得也越来越少，有时连草穴都不出了，在一个飘雪的日子，刺猬妈妈把身体蜷缩在厚厚的茅草中，闭上眼睛睡去了。半克用喙叼来柔软的茅草，盖在刺猬妈妈的身上。

整个冬天，日子好像特别单调，半克有时会飞到一棵树上，用喙猛啄，发出“叭叭嗵嗵”的声音，好像是在说：“这样的日子好寂寞呀!”

有时半克会从这棵树飞到另一棵树，更多的时候，她会在雪地上用爪子刨来刨去的，寻找着可吃的食物。可食物真难找呀！那些日子，半克的肚子都是瘪瘪的。

有一天，山鸡半克又飞到树上用喙“嗵嗵”地啄树，远处竟然有了类似的回应，半克抬起头向远处望去，发现前方一棵树上也站着一只山鸡，只不过那只山鸡的羽毛要比半克的艳丽得多，而且尾巴上还有长长的羽毛，向下弯曲着，像彩绸一样在风中飘动着。

那是一只公山鸡。

也不知道为什么，山鸡半克看到那只公山鸡竟然有一种说不出的激动。她抬起头，冲着公山鸡扬着脖子叫起来，“咯——克——咯”，这声音如果翻译成人类的话，大概是：“你是弟弟吗?”

半克叫了一声，对面树上的公山鸡半天没有回话，也许他觉得很奇怪，母山鸡怎么会问这个问题呢。

公山鸡哪里明白呀，山鸡妈妈被老鹰掳去后，山鸡半克也不知道找了她的兄弟姐妹多少次，但都毫无结果。今天，突然有一只公山鸡出现，也许他就是自己的弟弟呢！

“柯——哆——啰！”对面的公山鸡也扬着脖子叫了一声，就展开翅膀，像一朵色彩斑斓的云彩在蔚蓝色的天空中飘了过来，并落在了半克身边，慢慢向半克靠近，一边靠近，还一边小声鸣叫着，好像在说：“我想和你交朋友！”

半克也想有一个朋友呢，何况公山鸡这么威武漂亮。半克向公山鸡移动了一下身体，那意思是告诉公山鸡，她愿意呢！

在冬天，公山鸡和半克只是朋友关系，现在他们的关系更亲近了，等地上的嫩芽长出来的那一天，半克正式把公山鸡迎进了家门——半克住的草穴。

睡了一冬的刺猬妈妈从冬眠中苏醒过来，她第一次见到公山鸡，开始并不明白这是怎么回事，瞪着还有些睡意蒙眬的小眼睛，上下打量着公山鸡，但当她看到半克和公山鸡亲热的样子，她才知道半克已经长大了，也该有自己的家了，过不了多久，还会有自己的小宝宝，那才是真正的快乐和幸福吧。

刺猬妈妈欢快地叫了一声，然后迈着小腿跑出草穴，睡了一冬的她现在已经很饿了，她也要去寻找食物了，好填饱自己的肚子呀！

刺猬妈妈顺着山坡一路向下走去，渐渐走出了茅草地，又越过一片乱石滩，刺猬妈妈就明白了，她知道自己还应该向前走去，因为她的家就在前方，她也该回家了，在春天里重新开始属于她的生活。

猎　豺

雨　街

在西双版纳原始森林里有一个叫大曼么的傣族寨子，在这个寨子里有一个最有名的猎人，年轻时人们叫他嘎光，后来上了年纪，人们又改称他为嘎光老爹。

因上了年纪，嘎光老爹便很少外出打猎，但他却喜欢听别人打猎的趣闻以及看到别人打猎的收获。

每天一大早，嘎光老爹便站在寨子口看着年轻的后生们，斜挎着猎枪，领着猎狗，陆陆续续从吊脚楼里走下来，有的打着呵欠，一副还没睡醒的模样，只有那猎狗像撒欢似的跑在前面，跑出很远后，见主人还没跟上来，便大声“汪汪”叫着，好像在催促主人快一点。

嘎光老爹见到这样的猎人，便忍不住撇撇嘴，知道这人进山也是白忙活，一天天只见猎物从眼前跑来跑去，就是打不着，哪里还会提起精神。再说那狗，还没进山就兴奋起来，也是缺乏训练，这样的狗不像是配合主人进山打猎，更像是去和猎物捉迷藏。

但嘎光老爹也只是笑笑，之后仍会走上前去，凑到那人跟前，仰起脸来说一声：“打猎去呀！”

那后生每天见嘎光老爹问的都是一个话题，便张开胳膊，伸个懒腰，说：“是呀，打猎去！”

嘎光老爹便不再搭话，身子向旁边一闪，让开路，看那后生一步一步地走出寨口。

天将傍晚，那后生回来了，肩上扛着一个毛茸茸的东西，嘎光老爹眼神不好，离远了看不清后生肩上扛的是什么，但知道那绝对是一只动物，看样子有四十多公斤重，以至压得后生的腰都弯了下来。

嘎光老爹见后生终于有了收获，便呵呵笑了起来，高声说道：“好呀，好呀，打到了呀！”

那后生也不说话，黑着脸走过来，嘴里不停地自言自语地说着：“真是怪了，从没见过浑身上下像金子一样颜色的豺，跑在树林里还闪闪发光。唉，没想到这狗追上去竟被豺给弄死了，我打了好几枪，连那豺的一根毫毛也没碰到，那豺竟然像是飞一样逃走了。”

嘎光老爹心里一惊，难道真有浑身上下金黄一片的豺，自己打了大半辈子猎，以前只听说过有这样的豺，可从没见到过。

嘎光老爹走到后生面前，仔细打量着后生扛在肩上的那条猎狗，见它身上没有撕咬过的伤口，便掀起狗尾巴看了一眼，就明白了，这狗是被豺掏了肠子。

就在嘎光老爹放下狗尾巴的瞬间，他的目光突然像火星一样，一下子明亮起来。他刚放下的手又凑了上去，从猎狗尾巴上拿起一根毛发，冲着太阳的方向仔细地瞅着，果然是金子一样的颜色。

此时正是二月，早晨起来还有一阵阵的寒意，但嘎光老爹显然顾不上这些了，经过一番准备，多年不用的枪，上了油，擦得乌黑发亮，已经有些老态龙钟的猎狗，饿了几天之后，步履也显得轻便起来。一切准备妥当，便按着后生说的方向进山去了。

豺一般是群居动物，少则七八只，多则二三十只一伙，主要捕鼠、兔等小型兽类，特别饥饿之时，也敢于袭击水牛、马、鹿、山羊、野猪等体形较大的有蹄类动物，甚至也成群地向狼、熊、豹等猛兽发动挑逗和进攻。它们进攻大型猎物之时，一般先把猎物团团围住，前后左右一齐进攻，抓瞎眼睛，咬掉耳鼻、嘴唇，撕开皮肤，然后再分食内脏和肉，或者直接对准猎物的肛门发动进攻，连抓带咬，把肠子掏出，用不了多久，就将猎物瓜分得干干净净。

面对这么凶猛的动物，要想捕到它们，也不是一件容易的事。

戛光老爹的猎狗是一名优秀的下司狗，虽然上了年纪，但毛色仍然光亮，全身洁白如玉，加上从小就经过戛光老爹调教，嘎光老爹吹一声口哨，打一个手势它就明白嘎光老爹要它做什么。这次出发前，嘎光老爹拿出金毛豺的毛放到它鼻子前嗅了一下，下司狗身上的毛顿时奓了起来，呼吸也变得急促起来，显然它也知道捕豺是一件万分凶险的事。

所以一进入山里，下司狗便高度紧张起来，它时而低下头，嗅一下地上的气味，时而跑到一个高岗上向四处张望。它那小雷达似的耳朵，在前进时，向后一收，紧紧贴在脑袋上，就像那儿隐藏着两把锋利的匕首，但一有风吹草动，那耳朵就像突然移了位似的，时而用耳廓对向两边，时而又对准前方。显然，此时已经离金豺的巢穴越来越近，一直没有发出声响的下司狗也退回到嘎光老爹近前，嘴里发出“呜呜”的警告声。

嘎光老爹听到下司狗的警告，也不把挎在肩上的猎枪摘下来，而是弯下腰，用手拍了拍下司狗的脑袋，下司狗顿时安静下来。

对遍体金黄的豺，嘎光老爹可舍不得用枪，那样，皮子就会受损，在出售时，也卖不上好价钱，所以他想为这条金豺留个全尸。

只见他解开随身携带的背包，背包里有一副厚厚的棉布手套，戴好后，又把背包内用芭蕉叶包着的一串串用鸡血浸泡过的鸡肉块抻出来，这鸡肉块一块块用长长的细麻绳拴在一起，那样子就像古人结绳记事的绳子。

下司狗抬着头，眨巴着眼睛看着嘎光老爹，也许它在猜想，嘎光老爹这是在干什么呢？

可别小看这些肉块，在每一块骨头中都用铁管塞进了经过提纯的马钱子，然后又用肉泥堵住洞口，使金豺嗅不到其气味，只要金豺吞进去一块，便必死无疑。

嘎光老爹小心翼翼地掏出这些肉块，沿着金豺走过的山路把那肉丢进草丛里，然后倒退几步，把长长的绳子拴在一棵树上，长吁一口气，便转身带着下司狗下山去了，一边走，嘎光老爹一边还把手放在脖子上，对着下司狗做出一个用刀抹杀的手势，下司狗见状，便像受了多大委屈似的，嘴里发出“嗯儿嗯儿”的叫声，仿佛在说：“我知道你下了毒，我怎么会吃，你小瞧我！”

狗通人性呀，嘎光老爹也意识到刚才自己做得过分，便尴尬笑几声，说：“我知道你是好狗，是这世界上最聪明的狗，不过我也是担心你才说的！”

下司狗仿佛听懂了嘎光老爹的话，下垂的尾巴马上翘到脊背上，像一朵花似的摇摆起来，身体向嘎光老爹的腿上一倾，便依偎在嘎光老爹的腿上。

嘎光老爹腿脚已大不如从前，回到家，已经到了掌灯时分，但嘎光老爹也不去掌灯，也不去做饭，而是坐在院子里，点上水烟“咕噜咕噜”地吸起来，下司狗蹲在嘎光对面，怔怔地望着嘎光老爹。

嘎光老爹脸上一点表情也没有，只有淡淡的烟雾袅袅地从嘎光老爹的头上向上飘荡，就像浮在夜色里的一条透明的丝巾在随风飘舞。

别看嘎光老爹一生捕过的猎物无数，但捕金豺还是第一次。他曾听说，以前的部族首领的座椅上曾经有过一条金豺皮，其价值胜过黄金。

不过谁也没见过部族首领座椅上那条金豺皮，至于是如何捕到那条金豺的，更是没人说起过，所以嘎光老爹担心，他这个办法有没有效。

在狠吸一口烟之后，嘎光老爹像打定了主意，自言自语道："兽就是兽，难道它还会比人聪明！"

煎熬了一夜，嘎光老爹躺在竹床上，翻来覆去说什么也睡不着，天不亮便带上下司狗急匆匆地进山了，他这是要为自己折腾一夜的思虑找一个结果呀。

嘎光老爹来到他丢肉的地点，一看，肉没了，便忍不住放声大笑起来，说："我就说嘛，兽就是兽，难道还会比人聪明！"

嘎光老爹很兴奋，弯着腰跑到拴绳子的树边，三下二下解开绳子，他这是要收网了。

嘎光老爹一只胳膊一蜷，另一只手就把那绳子向蜷着的胳膊上缠去。他满以为，金豺在吃肉时，连绳子一块吞进肚子里，还没等它吐出绳子，便毒性发作，倒在了某个地方，那它岂不成了一根绳上拴的蚂蚱，看它还往哪里跑。

嘎光老爹不停地往胳膊上缠着绳子，绳子始终松松的，一点也吃不上劲，嘎光老爹的心渐渐凉了下来，果然等把绳子收起来，发现那肉不仅没动，上面还撒了一层土。

显然，这条金豺不仅发现了肉，还用土把它埋了起来。

"果然是个狡猾的家伙！"嘎光老爹恨恨地骂了一句，知道再在山上待下去也没什么用，便气呼呼地招呼下司狗下山去了。

“我就不信治不住你!”接下来的日子，嘎光老爹除了说这句话，就是鼓捣他的狩猎工具。其间，他挖过陷阱，下过套子，结果都被这条从没见过面的金豺破坏掉了。

“丢脸呀!”打了一辈子猎，最后让一条豺给耍了，嘎光老爹越想越生气，越想越觉得自己在乡亲面前丢了大脸，在别人面前也像是矮了半截似的，没多长时间，竟因此病倒了。

嘎光老爹躺在床上，想，豺不是群居吗，这条豺怎么总是独自生活呢?

嘎光老爹躺在床上，想，难道这条豺和其他的豺不一样，就因为它长了一身金色毛发?

想来想去，嘎光老爹也没想明白，就在他要迷迷糊糊入睡之际，一个想法突然从脑子里冒出来，下了毒的鸡肉块这豺自己不吃就算了，为什么还要埋起来，难道它是条母豺，难道它已经下崽了，担心幼崽误食?

“肯定是这样!”嘎光老爹一骨碌从床上爬起来，猛拍了一下大腿，病也好像一下子好了。

嘎光老爹再也躺不下去了，披上衣服就走出了家门，街上的人不多，但也有几个后生聚在一起说着什么。

嘎光老爹凑过去一听，才知道，在他生病的这些天，寨子里的猎人一天也没停止对这条金豺的捕捉，也像嘎光老爹一样，又是下毒，又是下套子，一无所获不说，还有几条猎狗不是让这条金豺抓瞎了眼睛，就是被掏了肠子。猎人们一个个都恨透了这条金豺，要知道，猎狗可是猎人的宝贝呀，就这么让它伸出爪子像钩子似的一抓，一条猎狗就算报废了。

不能再等了，看着猎人一个个挖空心思地欲把这条金豺弄到手，嘎光老爹回家把狗一拴，带上猎枪，趁夜就进山了。

夜晚的山林很静，除了偶尔有夜鸟啼叫着从夜空中飞过，还有时断时续野兽的叫声。

嘎光老爹悄悄摸到金豺出没的附近，爬到一棵又粗又高的大树上，身体往枝丫上一靠，闭上眼休息。

也不知道过了多久，天渐渐亮了，嘎光老爹从树丫上直起身子，向四下望去，就见那条金豺像是在阳光中跳动的精灵似的，嘴里叼着一条山鼠，身体跳跃着，从一个山坡上向下跑来，等跑到一片浓密草丛前，那豺把叼在嘴里的山鼠丢到地上，嘴里“嗯儿嗯儿”叫了几声，顿时有两个肉乎乎的幼崽从草丛里跑出来，围着那只死山鼠争抢起来。

嘎光老爹多亏是坐在树上，金豺的洞穴在这么隐蔽的地方，不然可不会被轻易发现。

嘎光老爹暗暗得意，因为当他想到这豺已经有了幼崽，便打定了一个主意，捉它的幼崽，让幼崽做诱饵，就不信它不上钩。

接下来，嘎光老爹就等母豺离开了。

一条母豺喂养两只小豺，看来这条豺也够辛苦的。果然没过多久，这条母豺又匆匆离开了，嘎光老爹也不怠慢，从树上滑下来，三步并作两步地跑到那洞穴前，学着母豺的声音，叫了几声，洞穴里小豺还没有经验，还以为豺妈妈又送来了食物，拥挤着从洞里跑来，等它们看到一个人蹲在洞口上方，再想逃回洞里，洞口被堵上了，加上脚力还不够，没跑几步便一一被嘎光老爹捉进袋子里。

嘎光老爹一生中从没像现在这样跑过，那样子既像跌跌撞撞，又像是连滚带爬。因为失去幼崽的金豺会像疯了一样循着气味追过来，用不了多久，就会把嘎光老爹像破布似的，一条条地撕碎。

等逃到家，嘎光老爹仍惊魂未定，他“咣当”一声关上院门，身体向后一靠，胸脯仍剧烈起伏着。

被拴在地上的下司狗也许是见到嘎光老爹安全回来了，很兴奋，也许是嗅到了嘎光老爹手里那个袋子里有豺的味道，仿佛忘记了自己还被铁链子拴着，“呼”的一下从地上蹿过来，毕竟铁链子长度有限，随着下司狗猛地跃起，那链子也被扯到了极限，下司狗的脖子猛地被拽了回去，身体在掉转方向的同时，重重地摔倒在地上，躺在那儿“嗷嗷”叫着。

嘎光老爹像是提着一袋宝贝似的，绕开下司狗，走进房门，找了个竹笼把两只肉乎乎的小豺放进去，然后踩着凳子，把它们悬挂在房梁上，才走出屋门，把下司狗解开，谁知下司狗竟像脱缰的野马，一个跃起就蹿进屋子里，扑向悬挂在屋架上的竹笼。

竹笼吊得很高，本来扒着竹笼边沿向下张望的两只幼豺，在下司狗的恫吓下，像两只肉团似的缩进竹笼里，就算挤在一起仍在瑟瑟发抖。

嘎光老爹追进来，踢了下司狗一脚，下司狗后腿向旁边一滑，一下子跌倒在地上，它怨恨地瞪了嘎光老爹一眼，嘴里“呜呜”着逃出了屋门，一直逃到墙根，身子贴着墙根来回跑着。

嘎光老爹关上屋门，便在窗前挖起坑来。开始，嘎光老爹是站在坑外往下挖，没过多久，身体便站进洞里，由下往上挖，那个洞，一直挖到三米多深，他才撑着洞壁，从洞里爬出来。

再看这洞，上小，下大，只要那金豺跌进去，绝对逃不出来。

挖好洞，嘎光老爹又找来几根细树枝把洞口封住，最后覆上一层土，不仔细看，谁也看不出这里有个陷阱。

下司狗贴着墙根渐渐也安静下来，到最后，它像是明白了嘎光老爹要干什么，也仿佛忘记了刚才的不快，低着头走过来，还伸出爪子，在嘎光老爹覆在洞口的土上踩下了几个爪印。

入夜，那条金豺果然循着气味找上门来。而嘎光老爹把枪管从窗户棂子里伸出来，直直地指向院子里。

也是万有一失，嘎光老爹忘记把下司狗关起来了，那条金豺一跳入院子，下司狗便和金豺撕咬在一起。

金豺虽然凶猛，但体重却要比下司狗轻近二十公斤，身高也要相差二十多厘米。在动物世界，同是猛兽，往往体重身高有优势就占尽上风。

只见下司狗一个前扑，它那粗又大的爪子就将金豺扑倒在地，而金豺则就势在地上一滚，马上变成了四脚朝天的样子。

金豺“嗷嗷”嗥叫着，虽然它被下司狗扑到了身下，但它的脑袋使劲向上挺着，大张的满是獠牙的嘴因愤怒已经变形，而它的一只爪子则向钩子一样蜷起来，随时准备着给下司狗致命一击。

嘎光老爹握枪的手在微微颤抖，他显然发现，下司狗虽然将金豺按在地上，却丝毫没占到优势，只要下司狗狂吠的大嘴咬向金豺的咽喉，金豺那铁钩子似的爪子便会闪电一般捣向下司狗的眼睛，瞬间就会把下司狗的眼珠从眼窝里掏出来。

开枪吧，可下司狗在上面，根本没法打到躺在下面的金豺的身体，嘎光老爹不停地移动枪口，只要金豺从下司狗身下逃出来，便毫不犹豫地给它致命一枪。

吊在竹笼的两只小豺听到外面传来激烈撕咬声，知道豺妈妈来救它们了，也变得狂躁起来，它们用后腿站在竹笼里，前腿扒在竹笼的边沿上，“吱吱”叫着，就要爬出来。而竹笼在它们的挣扎下，也像秋千似的剧烈地摇摆起来。

下司狗是一条训练有素的猎犬，它也知道再低下头去有危险，便用一只爪子去捣金豺的肚皮，想用爪子的力量将金豺的肚子撕开一条口子。

就在下司狗抬起后腿欲像一把利剑向金豺的肚皮刺去之时，金豺趁下司狗压在身上的力量减轻之际，四肢猛地向上一蹬，就把下司狗踹到了一边，身形向下一缩，金豺的身体就像突然拉长的口袋，贴着地面向前面蹿去。

嘎光老爹不再犹豫，枪口稍微向上抬了一下，扣在扳机上的食指就向后扣了下去。

就在这千钧一发之际，吊在房梁上的竹笼已经在空中越荡越高，当竹笼荡向嘎光老爹这一方向时，那两只小豺后腿用力向后一蹬，身体便像两大块沉甸甸的肉块，重重地撞到嘎光老爹的身上。

枪响了，夜空也仿佛被弹道击穿了似的，整个寨子的上空都回响着子弹出膛时的脆响。

两只小豺虽然只有几个月大，但它们却像疯了似的一次次扑向嘎光老爹的胳膊，嘎光老爹知道这些小豺牙齿还不够锋利，面对着扑上来的两只小豺，他一甩手，就把用爪子紧紧抱着他胳膊的小豺甩到了一边。就是这样，他的胳膊还是被两只小豺的牙齿撕开了一条长长的口子。

嘎光老爹的眼睛仍专注地盯着窗外，只见下司狗像是受到重击似的，向前奔跑的身体一下子从空中立了起来，而向前猛蹿的金豺却猛地返回身来，身体向上一蹿，后爪在下司狗的脑袋上用力一蹬，身体便越过院墙逃走了，而下司狗则像被抽掉了筋一样，“嗵”的一声落到地上，躺在那儿不动了。

“我的狗呀!”嘎光老爹光着脚跳下床，像一个螃蟹似的晃荡着身体扑出去，“咕咚”一声跪在地上抱着下司狗“呜呜”地哭起来，而两只小豺也趁机逃出屋门，蹬着小腿就要从院门下面的缝隙里钻出去。

嘎光老爹满脸是泪，眼睁睁地看着两只小豺逃出院门，那神情木木的，嘴里像是自言自语，又像是对小豺说：“走吧，走得远远的，就没人再想害你们了！”

两只小豺也逃走了，院子里就更冷清了。

“我的下司狗呀！”嘎光老爹再也忍不住心中的悲伤，紧紧抱着下司狗的脖子，“呜呜”地大哭起来，那哭声像夜风，吹得院子那几棵大树上的树叶子不停地“哗啦哗啦”响着。

袁博作品

袁　博

美国耶鲁大学福克斯国际学者，复旦大学博士，中国作家协会会员，美国百人会英才奖得主。首创自然史动物小说，被誉为“动物小说王子”。其作品《内伶仃岛上的猕猴》获 2017 年中宣部优秀儿童文学出版工程奖、第十届广东省“五个一”工程奖、第五届上海好童书奖、首届大鹏自然童书奖、首届广东好童书奖；《火烈马》《狼群的覆灭》《狮子的心》《野牛的故事》获冰心儿童图书奖；《星宿海上的野牦牛》获冰心儿童文学新作奖；《袁博动物小说系列》入选“十三五”国家重点规划图书。

驯鹿迁徙时

袁　博

一

冻原上只有无穷的风雪声。

阵阵强烈的暴风雪在九月的极地冻原上呼啸，如同一片难以拨散的雾，使本来就光线微弱的极地昏黑一片。在黑压压的迷雾中，大群的驯鹿正在小心翼翼地向南方迈动着脚步。

又到驯鹿迁徙时。

北冰洋畔短暂的夏天过去后，驯鹿就必须开始迁徙。趁着漫长的极夜到来之前，到南方去寻找温暖、光和食物。北方冻原，是驯鹿的故乡；温暖的南方针叶林，是驯鹿心中的圣地——那里，远离了北方暴虐的雪，远离了黑夜里可怕的北极熊。

里克是一头小驯鹿，他浓密的皮毛可以显示——他是世界上最能在严酷环境下生存的物种中的一员。不过，里克今年夏天刚出生，从未经历过鹿群的迁徙。

里克好奇地东张西望。对他而言，迁徙路途中的一切，都是新鲜而有趣的。随着迁徙的脚步，冻原上熟悉的一切在悄悄地往后退，一会儿就不见了。新的世界转瞬间扑面而来：北极狐穿梭在鹿群间，扑闪着狡黠的眼睛；雪鸮不声不响地从空中降落，抓起一只不走运的旅鼠后，又迅速刺入飞舞着大片雪花的天空；一株格外高大的树，孤独地挺立在荒原上，又随着驯鹿迁徙的步伐，消失在看不见的远方……

米拉是里克的兄弟，和里克同一天出生。小驯鹿米拉同样兴奋不已，和里克在驯鹿群中窜来窜去，时不时相互碰碰鼻子，交流着心中的喜悦。有生以来，他们第一次和如此众多的驯鹿结成大群走在一起。不过，与其他兽群不同，迁徙中的驯鹿群没有首领。来自不同地方的驯鹿不过暂时集合在一起，赶着自己的路。

这是一个在昏暗的暴风雪中缓慢移动着的松散聚合体。每只驯鹿都只能看清自己的脚下，只能在看似热闹的集体中孤独地前行。

每只成年驯鹿都已经来往迁徙路途数次，他们沉默地在风雪中缓慢移动。

里克和米拉的妈妈紧紧地跟在两个淘气的儿子身后，寸步不离。驯鹿妈妈发出低低的声音，呼唤着两个儿子。里克和米拉只是心不在焉地回应着。两个小家伙显得有些不耐烦，走走跳跳，越跑越远。起初，里克和米拉的应答声来自同一个方向；过了一会儿，里克和米拉似乎走散了，应答的声音从两个方向传入驯鹿妈妈的耳朵。

忽然，空气中传来血腥的气味。

"呦——呦"，驯鹿妈妈呼唤的声音开始有些焦急。

因为找不到米拉，缺乏在一起奔跑嬉戏的同伴，里克回到了妈妈的身旁。驯鹿妈妈呦呦地呼唤，却再也没有唤回米拉。大群驯鹿低垂着头，不声不响地从里克母子身旁经过，像一条缓慢流淌却不曾停息的河流。

不一会儿，驯鹿妈妈和里克就落在了驯鹿群的末尾。狂怒的风雪如惊涛骇浪般向里克扑面而来，尖刀一样的冰碴划在里克的面颊上，使他睁不开眼。几个雪白的影子在不远处来回晃动……

驯鹿妈妈哀伤地嘶鸣着，却不得不带领里克离开。他们快要掉队了。

在生存环境严酷的冻原上，任何一分钟的踟蹰不前都会付出代价。

二

里克的妈妈警惕地在它的旁边巡视，生怕再有什么危险。

迁徙的路途上，常常杀机四伏，许许多多食肉兽尾随迁徙中的驯鹿前行。驯鹿为追逐茂盛的树木和苔藓而到南方，食肉兽则为了追逐丰足的食物而跟随着迁徙的驯鹿。尽管驯鹿群只是一个缺乏秩序的集合体，却每年都能有效地掩护大群驯鹿到达迁徙目的地。结群的高大驯鹿如同组成了一层层严严实实的墙，使贪婪的食肉兽找不到偷袭的突破口。

食肉兽尾随在驯鹿群之后，瞪大绿幽幽的眼睛，精明地搜索着离群的驯鹿。

总会有驯鹿离群，由于种种原因跟不上迁徙的脚步。

里克母子勉强跟上落在队尾的三三两两的驯鹿。天黑了，黑漆漆的夜色裹挟着暴风雪，使驯鹿群的身影变得模糊不清，掉队的驯鹿只能沿着鹿群的足迹寻找前进方向。

雪白的影子在不远处来回晃动，几点幽幽的冷光若隐若现。

暴风雪更猛烈地呼啸起来，几乎吞没了天地间其他所有的声音。现在，呈现在克里眼前的是一片凶险莫测的迷雾。

“呦——”，里克的妈妈突然长鸣一声，带着里克迅速向着黑影相反的方向跑去。

白色的身影逐渐化为几匹尖嘴獠牙的食肉野兽——北极狼。北极狼是世界上体形最大、同时也是最凶猛的野狼，就连有极地霸主之称的北极熊也对结群的北极狼畏惧三分。在极地幽深莫测的夜空下，北极狼近于白色的皮毛与白皑皑的旷野浑然一体；他们迅速地奔跑，格外醒目地闪烁在黑夜中，又好似缥缈无踪的雪白的精灵。

在这片辽远的荒野中，没有比北极狼更强的动物，也没有比北极狼更可怕的捕食者。

奔跑的驯鹿刺激了狼群追逐的欲望。五六匹北极狼嗷嗷地发出令人毛骨悚然的嚎叫，在荒野上疾驰，像巨大的魔网一样向里克母子包围而来。里克气喘吁吁地跟随在母亲身后，亡命奔逃。自出生以来，里克并非第一次遭遇食肉兽的追击。但在极地风和日丽的夏天，里克在母亲的保护下，从来没有遭遇过如此可怕的追捕。

北极狼呼呼的气息越来越靠近里克的耳畔，食肉兽特有的腥臊味使里克本能地胆战心惊。一幕幕冻原上上演的残酷影像在里克的眼前回放：北极熊从惨白色的冰窟后蹿出，用巨掌击碎海豹的脑壳，白花花的脑浆混着鲜血的颜色，在寒冷的冻原上迅速凝结；丑陋的鹗鸟自天空中缓缓落下，利爪死死钉在雪兔的背颈，鲜红的血液随着利爪的开合从雪兔的脖颈射出；北极狼群一拥而上，将庞大的麝牛撕成碎片，顿时血肉模糊……

狼的獠牙划破凛冽的风雪，泛着锋利的冷光，跃动在里克的身旁。里克不由自主地开始痉挛，四肢瘫软，蹄子似乎牢牢地钉在雪地上，再也迈不动了。

在受到围捕时，很多食草动物与其说是被食肉兽咬死的，不如说是被食肉兽吓死的。食肉兽的穷追不舍往往会使食草动物失去求生的意志。里克年岁尚小，求生意志更是相当脆弱。

里克的妈妈急促地向里克呼唤，里克却呆呆地站在雪地上。

野狼似乎看出了里克心中的软弱。追在最前面的北极狼绷紧肌肉，蓄势待发，准备全速向里克扑击，咬碎小驯鹿的喉咙。

突然，一个身影迅速地划过雪原，像一颗流星在旷野中燃起。追在最前面的北极狼措不及防，被撞到五米开外的岩石上，当场毙命。里克的妈妈为了保护自己的儿子，迎面向狼群挑战。

复仇的欲望激起了北极狼残忍的天性，他们迅速围住里克的妈妈，疯狂噬咬。

“呦——呦”，里克急切地向妈妈呼叫。

妈妈没有回应里克。

里克拼命地扎进迷雾，带着心中的恐惧，向未知的方向奔逃……

三

不知过了多久，里克重新回到了驯鹿群。在迁徙的途中，他再也没有离开驯鹿群，也没有再见到妈妈。和身旁陌生的成年驯鹿一样，他只知道低着头，看清自己的脚下，沉默而缓慢地在风雪中移动。

不知过了多久，里克终于到达了南方。

驯鹿是一种沉默的动物。他们只是低垂着头，一声不吭，啃食着属于自己的苔藓。偶尔，他们也会发出悲鸣，但他们的声音很快就会被旷野湮没，连他们自己都听不清了。

冻原上真安静，只有无穷的风雪声。

喜鹊的希望

袁　博

一

寒风穿过树林中光秃秃的枝杈，发出瑟瑟响声，吹起了无数晶莹的雪花。骤然间，一片冰雪雕琢的树林冻结在冰封的河畔。

雄喜鹊黑翎望着纷飞的大雪，站立在鸟巢边上，目光中包含着一种难以名状的忧愁。

他的巢中有四只未长大的小喜鹊。虽然小喜鹊已经羽翼丰满，但仍未学会飞行，小喜鹊的食物全部由作为父亲的雄喜鹊黑翎供给。

黑翎望望巢中的小喜鹊，他们正用期待的目光望着他，希望得到食物——他们已经两天没有吃到任何食物了。

但是，黑翎无能为力。

一场又一场大雪几乎埋住了所有秋天留下来的食物，甚至连平时随意可以捕食到的小型蜥蜴也不见了踪影。几天前，黑翎的妻子在觅食时，因触碰了人类在树林边缘架设的电线而死去，这对于这个渺小的家庭而言，是一次巨大的打击。在丛林鸟兽中，喜鹊的觅食能力并不算强。在食物匮乏的冬季，通常需要一对喜鹊夫妇协作觅食，才能为巢中的幼鸟提供充足的食物。

这片森林的喜鹊雏鸟通常在夏季出壳。当春天来临时，喜鹊的幼鸟就成年了，可以自由自在地在天空飞翔，去啄食明媚的春季里数不尽的形形色色的食物。春天到来，是所有喜鹊父母的希望。

虽然黑翎的生物钟使他意识到春天即将来临，可冬春之交的日子却是一年中最艰难的时刻——天气恶劣、食物匮乏。但是，黑翎必须前去觅食。只有有了充足的食物，才能够供养小喜鹊有足够的力气张开翅膀，才能够使黑翎实现和所有喜鹊父亲一样的希望。

黑翎奋力展开双翼，冲进越下越大的雪中。在冰雪世界里，他深黑色的翎羽尤为醒目……

二

雪花在静谧的树林中悄然落下，慢慢铺成了对喜鹊而言异常可怕的“白色地毯”。

黑翎穿梭在树林间寻寻觅觅，尽管他有着十分锐利的双眼，却没能发现一点食物。白茫茫的积雪已经吞噬了一切食物的踪迹。不知不觉，他来到了树林的边缘。

忽然，他发现了一块空地，这里没有丝毫雪迹，只有几十颗谷粒散发着充满诱惑力的光芒。黑翎多年的捕食经验告诉他，这很可能是人类的圈套。可是，当黑翎想起了几只张大枯涩的喉咙、被饿得瘦骨嶙峋的小喜鹊时，他抱着侥幸心理，以迅雷不及掩耳之势冲向空地。

一张黑绿色的大网瞬间扑向黑翎，每个网眼都像一张魔鬼狰狞的嘴脸，要将他吞噬。一个身穿绿色大衣的青年男人提一只鸟笼，笑嘻嘻地从空地旁的树后走出来。黑翎便被一只大手抓起来，塞进鸟笼。由于过度紧张，他两眼一黑，昏倒在鸟笼中。

青年男人提着鸟笼，逐渐消失在树林的尽头。

三

柔和的灯光照亮着屋子，炉火在屋内一角燃烧，散发着温暖的气息，这是与树林完全不同的另一个世界。

黑翎醒来时，发现自己在人类温暖的乡村房屋里，周围全都是些稀奇古怪的摆设。他的笼子旁围了一群人，在说着他听不懂的人类的话。屋外不时传来震耳欲聋的爆炸声，令他心惊肉跳。

“爷爷，您不是喜欢养鸟吗？这只喜鹊是我趁着积雪天，特意为您逮的。”那个抓捕黑翎的绿衣青年男人快活地说。

老人捋捋胡须，笑着说：“这鸟毛色光亮，是只上好的喜鹊啊！喜鹊兆吉祥，除夕夜有喜鹊进门，大吉大利！大吉大利！来，我们把喜鹊放在大门口，开春后咱们家一定会有好运气！”

老人将装着黑翎的鸟笼悬在门口。

在人类看来，喜鹊是吉祥的征兆。人类在除夕之夜想尽种种办法捕捉一只喜鹊，只是为了讨个好彩头。至于这种行为对一个喜鹊家庭可能造成的灭顶之灾，人类并不在乎。

人类除夕夜其乐融融的交谈声、鞭炮爆炸的响声使得黑翎整夜无眠。由于担心自己巢中嗷嗷待哺的子女，黑翎更是难以入睡。尽管喜鹊的夜视能力不强，黑翎仍然睁大眼睛，借着窗户散发出的微弱灯光，向着不远处棵棵树影所在的方向眺望。

凭直觉，他知道他的家就在那边。那里有着他的孩子，有着他的希望。尽管在人类看来，喜鹊的希望是微不足道的。

四

东方破晓，已是黎明时分。

雪停了，太阳的光芒使灰色的天空隐去，换上了一副湛蓝的笑脸。这是新年的第一天，大地被黄中带蓝的烟火熏得尘埃滚滚，又被燃烧尽了的爆竹映得火红火红。一串串点燃的鞭炮发出耀眼的火光，使黑翎头晕目眩。刺鼻的气味随风飘散，令黑翎几近窒息。

在人类看来，新年的一切都热热闹闹。对喜鹊而言，这只是一种煎熬。

突然，一只爆竹脱离了挂线，吐着火苗向黑翎冲去，在他的胸膛前炸开。刹那间，黑翎的全身血肉模糊。

黑翎感到一阵虚脱，他第一次发现自己的身体竟是那样轻，似乎要飘起来。对于一只被囚禁的喜鹊，这未必不是一种解脱。黑翎努力把头扭向树林——他的家所在地方。他睁大了双眼，看到它的四只小喜鹊正在树林中比翼齐飞——饥饿使孩子们提前成熟了。

在血泊中，黑翎欣慰地闭上了双眼，带着他的希望，飞向喜鹊的天堂。

树林中，嫩红色的新芽探出枝头；冰雪在暖融融的阳光下融化成水，汇入江河；树林中的鸟儿欢快歌唱。春天的脚步一声声叩击在春风里……

春天来了，这是喜鹊的希望，是所有喜鹊父母对儿女的祝福。

生死螯虾

袁 博

疲倦的抵抗。

“嚓——”致命的一击。一双铁灰色的螯钳深深地刺进了他的头颅。

白得几近透明的血液若有若无地在蓝色的爱琴海扩散着，岩洞周围弥漫开一阵涂抹的润泽。夏日明媚的阳光穿透浮动的海水，海底的沙滩上唯有温暖的静谧……

阳光、海水，纯净的细沙，碧蓝的爱琴海。

残酷的杀戮正在海底一座岩洞旁上演着。

灰黑色的石洞旁，黑魆魆的洞口静默地张开着，带着凉意的海水从石洞最隐秘的地方吐出，似乎在讲述着一个古老的故事，一则带着叹息与辉煌的传说。

一切，都溶于海潮的韵律。

他，自一百八十次海潮冲击前从淡黄色的卵壳中爬出，与几百个幸运地避开天敌、可以见到阳光的兄弟一起踏上了作为一只欧洲螯虾的命运。

鲸吞、鲂噬、鳕食……海底潜伏的危机使他们的数量所剩无几，就连赖以栖身的岩洞也不能成为他们的避风港。作为一只幼年螯虾，在弱肉强食的地中海生存无异于在刀尖上舞蹈。

不过，哪一只螯虾舞得最绚丽，舞得最巧妙，哪一只螯虾就可以度过半年的幼年期。

可是，只有那只用螯钳舞得最强悍的螯虾才可以生活到最后，在广阔的海洋中繁衍生息。

由于血液的大量流失，他已力不从心。他仍挥舞着独臂，弹起甲壳中所有的肌肉，奋力向他的敌人——他的兄弟——蓝鳞刺去。

拥有着更长的螯钳的蓝鳞悠然地抬起尾甲，任绵润的海水流过自己的腹部。一双带着金属光泽的长螯优雅地举起，准确而又迅速地刺向独臂的根部。

蓝鳞深黑色的双眼冰冷地看着已毫无还击之力的他，将刚夹取到的灰螯送到嘴喙边。蓝鳞并不急于品尝战利品，而是慢条斯理地舔舐着自己螯钳上留下的湿滑的血迹。

若有若无的血腥气在海浪中起伏。海面上，是一个阳光明媚的晴天，洁白的帆船迎着轻风驶向朝阳，一群群可以在海天间翻飞的飞鱼竞相跃出海面，银色的鳞片在氤氲着水汽的空中闪闪发光；在巴尔干半岛、克里特岛和小亚细亚之间的海域下，一场场物种间最本性的法则正在淋漓尽致地上演。

冥冥中注定，螯虾的第一场战斗是与同类的竞争，是与兄弟的厮杀！只有饮到手足的血才可以继续生存下去。

他艰难地呼吸着，任渐渐冰凉的海水冲洗着他残破的鳃部。

在这场战斗中，他被打败了，他彻底丧失了生存的机会。

在他的情感里，没有愤怒，也没有怨恨。身负重伤的他只想拾回那只正在被蓝鳞吞吃着的灰螯，再与之奋起一搏，以逃离死亡的降临。

在摇动着的海浪中，一片鲜艳欲滴的脆弱的红珊瑚悄然折断，

徐徐飘落到海底沙滩。几年后将成为海底土壤的一部分，几十年后，翠绿的色彩将从这片沃壤中吐出。

红，鲜艳的红，躺在海床的怀抱。

大自然呼唤着她即将回归的孩子，海水中荡起一波波柔和的旋律。

蓝鳞晃动着一对铁锈般的螯钳，拨开涌动的河流，有力地踩在沙质的海床上，向奄奄一息的他一步步逼近。

强悍、凶狠、沉着，他的兄弟不愧为一只优秀的螯虾。

忽然，他发现自己并没有畏惧死亡的到来。或者说，他实质上并不会死。

千万年来，螯虾作为一个成功的物种在海底繁衍生息。在弱肉强食的海洋中，并不占有多少优势的螯虾非但没有消亡，反而更加繁荣地生存下来。

残酷的手足相搏并非毫无意义，这使多数平庸的个体被淘汰，使优秀的螯虾具有更广阔的生存空间，以使种群一代代更加强盛。

一个弱势个体的死亡，正是成全了整个种族的生存。

他的相似基因将会在蓝鳞身上得以更好的传播。也许，蓝鳞也会被另一只螯虾打败。但是，亿万年后，螯虾种群必将生生不息。

眼前，是一片蓝，是朝阳初升的爱琴海特有的碧蓝。

蓝色，散发着死亡的气息，散发着生命的活力。

突然，他的背脊感到钻心的剧痛，长螯扎进了他的甲壳，穿透了他的腹部。

他死了，开始冷却的尸体融于金黄色的海床中。

他只是做了一个永远也没有尽头的梦。在梦中，是朝霞普照的爱琴海，霞光染红了海面，海底仍是宁静的碧蓝。在海底最美丽的沙滩上，亿万年后的螯虾，他们的子孙后代，挥舞着钢铁般坚硬的螯钳，在火红色的珊瑚树旁繁衍生息……

蝴蝶鱼

袁　博

柔和的晨光映在碧蓝的海水间，在波涛的起伏中显出一种特殊的韵味。这里是中国南海，是成百上千种热带鱼类的故乡。

浪花拍打着海岸，击起一朵朵洁白的泡沫。远处的海平面上，蔚蓝的苍穹、幽深的海洋与拂动的风融为一体，无数崭新的生命在这里孕育着。

蝴蝶鱼赤尾安详地在海浪间游动。赤尾是一条年轻的雌性蝴蝶鱼，她的全身披着宝石蓝的色泽，深灰色的斑纹悬挂在她漂亮的新月形的鳃旁，仿佛是朝霞造就的赤色尾巴完美地结束了她的身体。赤尾腹部高高地隆起，即将成为母亲。赤尾还是第一次体验这种幸福，对新生命的憧憬盈满了她的心房。

每当想起即将出世的小鱼，赤尾便产生一种特别的美好心情，如同五月里和煦温暖的阳光温柔地抚摸着柔软的波浪，如同明洁的月光深情地俯吻着无垠的海面。赤尾渐渐放松了警惕，任自己随海浪游动，享受着一个母亲所拥有的恬静的时光。

海水由深蓝色变成浅蓝色，又由浅蓝色变成淡绿色。海面上出现了一道金灿灿的纹路，逐渐变得明晰，近在咫尺。

忽然，赤尾意识到自己已经抵达了大海与陆地相交的海岸线上。对生活在深海珊瑚礁附近的蝴蝶鱼而言，越接近海岸就面临越多危险。赤尾连忙掉头，想返回深海区。可是，一个巨浪突然袭来，使赤尾无法控制自己游动的方向。

赤尾被浪潮推上了沙滩，在被热带的阳光炙烤得几近熔化的沙砾上徒劳地挣扎。陆地上眩目的光线刺得赤尾眼前一片模糊，什么也看不清。

赤尾渐渐失去知觉……

当赤尾醒来的时候，她呼吸到了浸在海水冰凉气息中的清新空气，她似乎又重新回到了海洋。赤尾向前游去，头部却被猛地撞了一下，她已被一个小男孩囚禁在一个狭窄的透明容器中。

当赤尾在海滩奄奄一息时，小男孩将她捧起，捞进了自己的鱼缸。

当然，小男孩并非是乐于救助海边搁浅鱼儿的公益慈善者。他只不过凭着一时性子，将赤尾当作一件被囚禁起来的玩物。小男孩用手指弹了弹这个透明的玻璃鱼缸，发出得意的笑声。

但是，赤尾生来并非鱼缸里的玩具。她和她即将出世的儿女属于广阔的大海母亲，属于明洁、自由、无拘无束的地方。

赤尾用尽全力，赤金色的尾巴在水中一划，跃出水面，跳到沙滩上。小男孩不紧不慢地伸出手来，拎起她的尾巴，重重地在她的头上戳了一下，又把她放回鱼缸里。

可是，母鱼赤尾马上又从水中跳了出来。小男孩真的有些生气了，他涨红了脸，狠狠地把赤尾从沙滩上抓起来，用力攥着她，使她双眼暴突，然后猛地把她扔进玻璃鱼缸。

赤尾已筋疲力尽，她静静地停在鱼缸中央，一动也不动。

忽然，一只长腿的螃蟹从男孩脚前爬过，吸引了男孩的注意

力，使男孩产生了捕捉螃蟹作为玩物的兴趣。可是，长脚螃蟹行动极为敏捷，小男孩不得不跟随螃蟹向远处跑去。

这是一个绝妙的逃脱的机会，赤尾在空中画了一个漂亮的弧线，落在沙滩上。

正午的阳光如火焰般灼烧着夏日的沙滩，陆地上吹来一阵阵干燥而闷热的风。赤尾显得十分痛苦，她愚蠢的举动使她再次濒临死亡的边缘。她只能静静地留在这里，等待死亡来临。一时间，赤尾甚至不明白自己为何要执意逃离鱼缸，逃离唯一的生存机会。

绝望中，赤尾向南瞥了一眼，她看见了生育她的地方——向南方无限延伸着的南中国海。她要履行一个母亲的责任，使她的儿女在自己的故乡生生不息。海面在阳光的照耀下散发出瑰丽的光芒，海浪不断地拍击着沙滩，似乎在召唤她归来。

她金赤色的尾巴开始在沙滩上摆动，每摆动一次，赤尾离海洋就近一点。尽管每次摆动都要受到阳光的炙烤，窒息的疼痛和沙石的磨砺。但这条金赤色的尾巴仍在不断地摆动，仿佛是一面顽强的，固执的，燃烧的，火热的旗帜，在回应着海洋的呼唤，在履行着一个母亲的使命。

伴着浑厚的涛声，潮水一波一波涨起。

赤尾忽然感到一阵清凉，她畅快地呼吸着久违的气息，迅速地向远方深蓝色的海洋游去。此时去抓螃蟹的小男孩已经回来，懊恼地拍打着海水，显得无比失望。

暮色降临，金赤色的霞光布满天际。在海天相接的地方，赤尾幸福地产下自己的卵，鱼卵随洋流漂到天际间，融入云霞圣洁的光辉中。

赤尾太累了，她安详地睡去，长眠于大海母亲的温床。

野水牛妈妈的梦

袁　博

一

一只乌龟在非洲野水牛的腿脚之间爬来爬去，被野水牛们嗅来嗅去，失去了回家的方向。

刚刚满月的小水牛黑仔，心不在焉地咬着妈妈卡玛那漂亮的红尾巴。卡玛时不时地回过头来用尾梢拍拍黑仔的脑袋，提醒儿子不要离开妈妈太远。

被水牛们嗅来嗅去的乌龟撞到了卡玛的脚上，惊慌失措地打了个滚，逃出野牛腿围成的栅栏。

卡玛的姐妹们在仔细帮卡玛梳理着头角。卡玛的头角是辫花状的，在族群中是独一无二的，是公认的最美丽的雌牛，受到许许多多姐妹们的羡慕。卡玛得意地享受着，漫不经心地甩打着尾巴。

无聊的黑仔追随着乌龟，走出了水牛群。

乌龟迷失了回到湖边的方向，朝着草原洼地快速爬行。黑仔嗅闻着乌龟，时不时地掀乌龟几个跟头，发出扬扬得意的哞叫声。

花豹三兄弟站在歪脖子树上，伺机伏击猎物。

一只豹子像利箭一样蹿了出来，咬住了黑仔的后腿。几乎同时，另一只豹子咬住了黑仔的脖子，前爪按住了它的喉管，最后一只爬上了黑仔的屁股……

追赶黑仔而来的卡玛，吓得不知所措，忘记了救援和求救，眼睁睁地看着三只青年公豹拖走了她遍体鳞伤的孩子。

黑仔，是卡玛唯一的孩子。

周围的灌木丛被卡玛的双角掘成了草地。卡玛的双角被折断了，折断的双角被卡玛的四蹄踏碎了。草地在卡玛的四蹄蹂躏下变成了平地，平地被残存的双角又重新掘开，砾石满地。卡玛在砾石间摔打着自己的残角，鲜血顺着她的鼻子无声地流淌。

卡玛疯了。

卡玛变成了一头无角的疯牛。

二

疯了的卡玛在做着一个梦：

她勇敢地冲向豹子三兄弟，右角挑了为首的按住黑仔喉管的大豹的腹部，左角刺穿了爬上黑仔屁股的二豹的右眼，后腿踢断了三豹的腰。在花豹三兄弟的惨叫声中，带回了她最最亲爱的孩子黑仔。

她高扬着美丽的辫花长角左右晃动着。黑仔咬着她漂亮的红尾巴，顽皮地左躲右藏。

卡玛坚信，被花豹拖走的遍体鳞伤的黑仔，当时还残存着呼吸。卡玛恨只恨自己为什么没有冲上去，救回自己的孩子。

在疯了的卡玛眼中，黑仔随时都会再次出现。卡玛在等待着一个时刻，夺回她的黑仔，重新做黑仔的妈妈。

看——黑仔，她的黑仔追逐着一只粉蝶向她跑来。一只花豹，不，是三只花豹在围攻她的黑仔，卡玛不顾一切地将头撞向花豹。

一颗獠牙刺进了她的腹部，是疣猪妈妈带着她的三只猪仔在嬉戏。

卡玛悄无声息地爬起来，一步一步远离开愤怒的疣猪一家。

卡玛漫无目的地游荡在夜空下的灌木丛中，离自己的家族越来越远。她不再惧怕周围的一切，她希望能遇上花豹，给自己一个和花豹同归于尽的机会；她渴望遭遇狮子的袭击，在疯狂的搏杀中被吃掉；她甚至于甘心被鬣狗围攻……

一盏盏幽幽的小灯笼在黑夜焦躁地变换着阵形，那是狮群在深夜中的眼睛。

两只雌狮在围攻分娩的母象。

母象焦急地踢打着刚刚褪去胎衣的小公象，逼他尽快站起来。小象的后腿已颤颤巍巍站了起来，前腿仍跪在地上无力爬起。母象用鼻子去牵引小象的鼻子，想强行拉起小象。

又一阵剧痛袭来，雌象全身痉挛起来。它腹中还有一头小象，小公象的双胞胎弟弟急切地想来到这个凶险的世界。雌象罕见地怀上了双胞胎，大象生双胞胎的概率仅为1%。

母象哀鸣着，呼唤着同伴。

一只雌狮瞅准了机会，从母象的右侧扑向小公象，另一只雌狮从左侧咬住了母象的鼻子。母象用尽全力踏向左侧雌狮的同时，母象分娩了，第二头小象伴随着一摊血水掉到了卡玛的背上。神志不清的卡玛，疯狂乱奔，挣断了母象和小象之间的脐带，将刚出世的小象驮进了不远处的灌木丛中。

愤怒的象群击踏着大地，赶跑了两头雌狮。一头象阿姨用鼻子轻轻拉起小公象，与象妈妈一起将它裹挟在中间，走进了象群。大象生双胞胎的概率极低，在大象的世界里，几乎没有双胞胎这一概念。卡玛无意中带走的小公象被象妈妈忽略了。

惊恐过后，卡玛试探着靠近小象，用残存的左角小心翼翼地挑开胎衣，用嘴轻轻拱着小象，慈爱地舔舐着他那柔软的大耳朵、长长的象鼻……

黑仔，黑仔回来了，是她的黑仔回来了。尽管是一头小公象，卡玛认定是她的孩子黑仔。她费力地找到了小象的嘴巴，耐心地帮小象找到了自己那伤痕累累的乳头。

小公象吸上了第一口奶，是来自野水牛妈妈卡玛的香甜乳汁。小公象用鼻子缠绕着卡玛那漂亮的红尾巴，寸步不离。

可是，没有任何一个水牛群会接纳小公象，卡玛“母子”只能和水牛群遥遥相望。

卡玛不停地进食，不断地被驱逐。可怜的卡玛经常因抢夺草肥叶密的地方而受到同类的攻击，变得伤痕累累。疯了的卡玛只知道，她需要吃更多的食物，因为它的黑仔需要更多的奶水。

小公象一个月大时，膘肥体壮，比同龄的小象还要高出一截。他那稚嫩的象鼻温暖着卡玛受伤的心，他那强健的体魄已能为妈妈阻挡不怀好意的牛角的攻击。卡玛一颗受伤的心正在愈合。

在非洲大象的世界里，小象是借着和周围的同伴玩耍来认识世界的，只有这样，他们的感官才能逐渐变得敏锐，并且学会长鼻的多种用途。小象之间的群体游戏类似人类的学校教育。小公象渴望象与象之间听觉、视觉和触觉的彼此接触。他渴望用长长的鼻管来探索其他小象的气味，他渴望其他小象的抚摸，他渴望与其他小象打架。总之，他需要玩伴。

卡玛明白小公象的渴望，但她不能失去牵着她漂亮红尾巴的黑仔。

一天夜里，草原上雾气茫茫。

狮群袭击了卡玛“母子”。面对饥饿的狮群，卡玛将可怜的残角刺向狮群首领，抱定了必死的决心，但她的死救不了她的黑仔。

象群、牛群都是家族观念很强的动物。当遇上危险时，无论象群还是牛群都会紧密地团结在一起，将幼崽护卫在群体的中心。很显然，黑仔是象群的幼崽，不是牛群的幼崽，附近的野水牛群已迅速护送着自己的幼崽逃离了。象群在观望……卡玛悲戚地向着象群哀哞一声，侧身将小公象推向象群所在的方向。

终于，象群行动了。他们救回了小公象，赶走了狮群。随后，象群首领向伤情严重的卡玛发出了威严的鸣叫声，警告她远离象群，远离小公象。

象群是不会接纳小公象的野水牛妈妈的。

三

她勇敢地冲向豹子三兄弟，右角挑了为首的按住黑仔喉管的大豹的腹部，回首左角刺穿了爬上黑仔屁股的二豹的右眼，

后腿踢断了三豹的腰，在花豹三兄弟的惨叫声中，带回了她最最亲爱的孩子黑仔。

她高扬着美丽的辫花长角左右晃动着。黑仔咬着她漂亮的红尾巴，顽皮地左躲右藏。

卡玛又做梦了，她常常从睡梦中惊跳起来，牛角乱挑，四蹄乱踢，横冲直撞，甚至痛苦地在地上打滚。她恨自己当时为什么没有冲上去，那时黑仔遍体鳞伤的身体还残存着呼吸。

卡玛仍在寻找，仍在找寻黑仔那绝望的呼吸声和那信赖的眼神。

一只小雌水牛的哀叫声一阵紧似一阵，许多雌牛呼应着跑来看看，又漠不关心地走开了。

是黑仔，是黑仔绝望的哀叫声！

卡玛从恍惚中醒来，哞叫着，跌跌撞撞跑向那头气息微弱的小雌牛。

小雌牛已长出锥状的两只小角，一双大大的耳朵被咬伤，正渗着血。她的鼻子、嘴巴血肉模糊，已分不出是泥还是肉。她的背部、屁股上布满了多个血洞，不断地有血涌出。

卡玛疼惜地舔着小牛的全身，仔细地清理着小牛嘴中的异物。小雌牛停止了哀叫，咬住了卡玛漂亮的红尾巴。卡玛跪倒在地，低低地呜咽着，似乎在声声呼唤着宝贝黑仔回家。

这头名叫莎莎的小雌牛才刚刚断奶，很可能是与同伴嬉戏时，脱离了母亲的监护，被蛮横凶狠的公牛偷偷逐出了牛群。

莎莎仅仅 6 个月大，刚刚开始学吃草。

卡玛教莎莎用舌头轻轻将嫩芽卷住，然后用牙齿仔细咬住，慢慢拔起。可年幼的莎莎往往不是拔不起草，就是将草与泥土混杂在一起。卡玛只好将拔起的草喂给莎莎慢慢咀嚼，或者直接有规律地使劲咀嚼几下，把草叶嚼成糊状再喂给莎莎。有时，卡玛也从树上啃食一些小嫩叶丢给莎莎，莎莎总算饿不着了。

莎莎屁股上的伤口在恶化，即使卡玛不分昼夜地为她舔洗、滚泥浴都没有用。莎莎的屁股上，脓血不断涌出，成了黄嘴牛椋鸟觅食的好地方。

莎莎在一天天虚弱下去。必须找到药草涂抹在莎莎的伤口上，否则莎莎会有生命危险。

正午的太阳炙烤着大地，草原上悄无声息。卡玛将莎莎藏在了陡坡下的灌木丛中，用布满浓密树叶的枝杈，严严实实地将她遮严。

卡玛独自爬上从未去过的陡坡。

陡坡，是成年公牛们居住的地方，是雌牛的禁地，可那里有能够治疗伤口的药草。

卡玛冲到水塘边公牛们打滚涂抹泥浆的地方，一头扎了下去。卡玛快速地涂抹着自己，尤其是头部两角之间凸起的部位。未等公牛们回过神来，已辨不清了卡玛的模样和气味。

公牛的两头角间，有一块角质盖骨。这是公牛顶牛时，保护头部不受损伤的，而雌牛没有这块角质盖骨，这是区分雌雄野水牛的主要标志。卡玛只好在头顶涂上厚厚的硬泥来伪装自己。

卡玛步履坚定地登上了陡坡，公牛们都在阴凉处反刍，远远地望着这边，诧异地相互看着。卡玛风卷残云般吞食着药草。她要在公牛清醒过来之前，吞食掉一片药草，放在胃里。她的莎莎在等她回去治伤。

随着公牛头领一声长哞，七头公牛瞬间包围了卡玛。

公牛头领面对卡玛，摆出一副傲然的姿势。其余的公牛用蹄击踏着地面，激烈地晃动头部，还用头角刮地面，并将泥土扬起。很显然，公牛们真的以为，面前的卡玛是一头来挑衅的公牛。如果卡玛不示弱，一场战斗就要开始。

非洲公水牛头骨的撞击力，相当于时速 23 千米的汽车冲向一堵墙的冲击力。

如果卡玛示弱，就要露出腹部来结束争端。

卡玛是一头哺乳过的雌牛，露出腹部，等于向他们公开了身份。繁殖季已经过去，卡玛闯入了公牛的禁地，将会遭受致命的惩罚。

她的莎莎在等着她，卡玛必须逃走！卡玛转过身去，在装出要露出腹部的同时，将脑袋撞向了一头还未完全成熟的青年公牛的后腿。趁着公牛群不注意，卡玛顺势滚下了低矮的山坡。

结果，卡玛的左前腿严重撞伤，左侧残缺的头角被齐根折断。卡玛瘸着一条腿，急急忙忙找到莎莎，将从胃里反刍出来的药草涂在了莎莎的所有伤口上，却并没有给自己留下一点。

四

莎莎两岁了。她走在卡玛的侧面，不愿再咬住妈妈那漂亮的红尾巴，步步紧随。

西边的森林里飘来了雨云，陡坡上所有的雨水冲进了河里，河水暴涨，淹没了牧场。森林红水牛被迫进行危险的水中逃亡。大部分小水牛被淹死了，一只刚出生的森林小水牛红仔却活了下来。

红仔的妈妈在河水暴涨之时生下了他。红仔的妈妈因产后虚弱，气力用尽，被一个漩涡卷走了，只有红仔幸运地活了下来。

卡玛和莎莎是草原黑水牛，红仔是森林红水牛，属于不同的物种。但是，看着红仔，黑仔的形象在卡玛眼前再次出现。

可怜的红仔哞哞叫着，乱拱乱撞着卡玛。红仔在找奶吃，自出生到现在，他还未能吃上一口奶。卡玛急得团团转，却没有奶水喂给他。卡玛看着眼中汪满了泪水、不断哞叫着的红仔，情急之下，卡玛将反复咀嚼烂了的芦芽喂给他。

可是，芦芽是养不活红仔的，红仔需要乳汁的哺育。红仔因饥饿而哀声哞叫着。

夜里，卡玛又做噩梦了：

一只花豹咬住了黑仔的后腿，另一只咬住了黑仔的脖子，前爪按住了喉管，还有一只爬上了黑仔的屁股……

她眼睁睁地看着三只豹子拖走了它遍体鳞伤的孩子，却没有采取任何行动。

卡玛恨自己当时为什么没有冲上去，那时黑仔遍体鳞伤的身体还残存着呼吸。卡玛无法想出原谅自己的理由，卡玛不想再见到族群，回到过去。

但是，为了红仔，卡玛必须返回族群。那里有卡玛的姐妹同胞，只有那里才有可以喂给红仔的奶水。卡玛让红仔咬住她漂亮的红尾巴，跟在身后。莎莎与她并肩而行。

卡玛的家族主要由十几头雌牛和众多小牛组成，他们都与雌牛头领老祖母有血缘关系，老祖母就是卡玛的外婆。

眼看族群就在前面，卡玛却又放慢了脚步。

随着一声长哞，卡玛母子三牛被当作外来入侵者围在了中间，没有水牛认出卡玛。

因为，卡玛最明显的标记——一双美丽的辫花头角没有了，取而代之的是一对左右不齐的残缺的犄角。卡玛清澈纯真的双眸不见了，取而代之的是一双苦涩哀怨的双眼。卡玛丰润顺滑的皮毛不见了，取而代之的是伤痕累累的躯体。

卡玛将侧腹露出，朝向老祖母苍老的头角。她跪下身来，咬住了老祖母的秃尾巴，哞哞乞求着：我是卡玛。

终于，老祖母嗅闻到了令她不舍的久违的亲情，那是属于卡玛的。老祖母一声长哞，全族欢快地哞哞叫着，欢迎卡玛回家。

忽然，老祖母那双苍老的大角向红仔的腹部挑去。

红仔身上森林红水牛的气味引起了老祖母强烈的厌恶感，红仔是头森林红水牛，和他们不属于同样的种群。草原黑水牛的族群中从来都不会接收森林红水牛。草原黑水牛和森林红水牛属于两个不同的种群。卡玛记得，如果偶尔遇到一只落单的红水牛，老祖母总是带领族群将他驱逐出领地很远。

卡玛从侧面迎上去，护住了红仔，老祖母的左头角刺进了卡玛的右腹部。卡玛的腹部血流如注。但她依然倔强地站立着，将红仔牢牢地护在腹下。鲜血染红了红仔的全身，卡玛的鲜血覆盖了红仔身上属于森林红水牛的气味。

老祖母叹了口气，不得不掉头离开了。

在中午反刍的时候，卡玛的表姐拉玛来找卡玛，疼惜地帮她舔舐伤口。拉玛两个月大的女儿，在一旁同莎莎玩耍，还时不时地回身钻入妈妈的腹下吸上几口奶。可怜的红仔只能趴在地上睡觉。

如果再没有奶水，红仔有可能就这样一睡不醒了。

卡玛盯着正在吃奶的表姐的女儿，恍惚中，她似乎又看到了黑仔那绝望的呼吸声和那信赖的眼神……

拉玛的奶水滴落在腹下的草丛中。

卡玛推起红仔，让他吮吸草地上滴落的奶水。拉玛烦躁地想用尾巴赶走红仔，红仔害怕地左右躲闪，嘴无意间碰触到了拉玛的乳头。本能的下意识，让红仔死死地噙住了拉玛的乳头。拉玛想甩掉他，可一股母性的暖流通过乳房传遍了全身。拉玛停止了踢打，用尾巴一下一下扫打着两腿间的红仔，幸福地享受着作为一个母亲哺乳的快乐。

在出生后的第五天，红仔吃上了第一口奶。

疲惫的卡玛，终于幸福地笑了。

卡玛实在太累了。

卡玛伏在草地上，做了一个梦，做了一个属于野水牛妈妈的梦。在梦中，黑仔依偎在她的身旁，小象用鼻尖揪着她的尾巴，莎莎在一旁的草丛中跳跃着，红仔吃着奶、轻轻地摇着尾巴……

逆翼鹰

袁　博

一

黎明，正是雄鹰起飞的时候。

鹰，有着锋利的喙，冰冷的爪，令百鸟望而生畏的火炬一样炽热的眼睛。而那对呈流线形的威风凛凛的翅膀，更使鹰成为了无与伦比的天之骄子。

当鹰张开他漂亮的羽翼翱翔在天际尽头时，连时间都在风的舞动中化为零点。

雏鹰银星垂喜欢在黎明时分伫立在岩洞外缘，从高高的悬崖上看着雪白的、金黄的、黑褐色的鹰随着峡谷的袅袅朝烟向天空最高处升腾，直到消失在他所看不见的地方。每当这时，一种无比庄严而神圣的感觉从银星垂的内心深处涌起。鹰家族血脉中的自豪感牵动着银星垂的脉搏。

没有学会飞翔的鹰，都是雏鹰。作为一只雏鹰，银星垂显然是年龄过大了。

银星垂已经三岁，身材与父母不相上下。按惯例，这么大的鹰早就已经自立门户，成为一方天空的主宰。当鹰长到两岁时，双亲就会主动把鹰雏从巢穴中赶出去。这种行为俗称“清窝”——把已经长大的子女从家庭中赶出，让他们在无拘无束的天空中磨炼自己的双翼。但是，在“清窝”前，双亲必须让自己的儿女学会飞行，教会自己的儿女如何在险象环生的丛林中获取猎物。

可是，银星垂是一只逆翼鹰，他注定无法学会飞行。

银星垂完全继承了父母的基因优势——他的父亲是这一带最骁勇的雄鹰，他的母亲是这一带最强壮的雌鹰。但是，银星垂的父母是一对年轻且缺乏育儿经验的鹰夫妇。他们用于抚育雏鹰的岩穴过于狭窄，使得生长中的雏鹰翅膀无法充分伸展，成为一只羽毛倒长、翎羽严重发育畸形的逆翼鹰。

这一带遍布山岩，山岩上藏有不少纵横交错的狭窄岩缝。逆翼鹰的悲剧在这里并不罕见——常常有缺乏经验、初为父母的鹰夫妇在这不够宽阔的岩缝中产蛋育雏，使雏鹰羽翼无法正常发育，失去飞行能力。

有许多狠心的鹰父母会在“清窝”时强行将无法飞行的子女推出巢穴，任他们在天空中绝望地呼喊，跌入万丈深渊。这虽然显得残忍，却也无可厚非——按惯例，成年的子女必须离开家庭。况且，鹰父母还需要养育新的后代。

银星垂的父母并不想对自己含辛茹苦养大的儿子如此无情。直到银星垂长到三岁，父母还在像供养雏鹰一样供养他。银星垂的食量越来越大，逐渐成为了他的父母难以承受的负担。

银星垂的父母禁止自己的儿子尝试起飞。岩穴之下，是不可测的峡谷，是天空向大地的延伸。

天空在向银星垂发出召唤。但对于逆翼鹰而言，天空是生命的禁区。

二

一天清晨，银星垂的父母早早地从巢中离开，再也没有回来。

或许，他们外出狩猎时遭遇了不测——丛林危机四伏，即使有天之骄子之称的鹰也难得寿终正寝。或许，银星垂的父母再也无法维持供养这个已经成年的儿子的生活，他们要远远地离开这个地方，离开这个因为自己年轻无知而养育了逆翼鹰的狭窄岩缝。

无论如何，再也没有谁为银星垂提供食物来源，再也没有谁陪伴着他。银星垂孤独地守候在岩穴入口，从黎明直到日暮，直到它确信父母再也不会回来。夜里，寒冷的疾风从山巅呼啸而下，令惯于和父母拥挤在一起的银星垂全身战栗。

银星垂盼望着黎明到来。从内心深处，银星垂甚至有些希望父母不再回来。在银星垂看来，他的父母剥夺了他在天空中飞翔的自由，剥夺了他征服天空的权利。

银星垂从来不知道自己是一只逆翼鹰。

他在等待着黎明。

黎明，意味着自由，意味着全新的生命，意味着碧蓝无边的天空。

三

当新的黎明到来时，银星垂学着所有鹰起飞时的样子，张开翅膀，让金灿灿的阳光洒满所有羽毛的尖端。

银星垂纵身跃下深不可测的峡谷。

温暖的峡谷风升起，拍打在银星垂的双翼上，给银星垂一种向上方飞翔的冲力。银星垂奋力拍打着他的双翼，但旋转升腾着的气流悄悄地从他畸形的翅翼间钻过，他不由自主地急速向下坠落……

他舞动着一双扭曲的翅膀，显得有些可笑，又有些可怜。形形色色的鹰在袅袅朝烟中向上升腾，将些许怜悯的目光投向银星垂，随即消失在天穹最高处，无影无踪。

银星垂是一只逆翼鹰，他并不属于天空。天空在银星垂的血脉深处发出召唤，但银星垂并不具备征服天空的能力。

四

银星垂跌落在峡谷底部。

峡谷中布满厚密柔软的草甸，使银星垂没有受到严重损伤。但银星垂的心灵深处已经经历了前所未有的伤痛——他根本不具备飞行能力，他无数次朝向天空的眺望都只是无望的等待。

银星垂奋力扑扇翅膀，充其量只能在原地起跳。后来，银星垂累得失去了所有力气。它便仰躺在草甸中央，呆呆地望向峡谷上方一线狭窄的蓝天。

天空默然不语，如同所有洞悉世事的老者。

谷底的草地上，一群肥胖的山鸡缓缓行走，悠然啄食着饱满的草籽和硕大的蚂蚱。谷底温暖潮湿，富集了充足的水源和养料，使得这里一年四季都绿意盎然，食物充足。

山鸡本来就飞行能力不强，在这样优越的环境下，一代代山鸡变得越来越拙重，已经不屑于起飞了。偶尔，会有鹰俯冲而下，将

一两只山鸡逮去作自己的午餐——这也许是唯一能令养尊处优的山鸡感觉有些紧张的事情。

不时有蚂蚱在银星垂身边蹦跳蹿跃。一只山鸡走到银星垂近旁，慢慢悠悠地啄食起来。

银星垂觉得有些饿，于是也学着山鸡的样子啄食起蚂蚱。银星垂觉得蚂蚱很好吃，虽然父母从来没有喂给他过这种带着土腥味的食物。

五

由于长时间在地面上行走，银星垂磨平了自己锐利的爪子。由于长时间啄食蚂蚱和蚯蚓，银星垂磨钝了自己弯钩一样的嘴喙。

银星垂和山鸡们吃着同样的食物，有着和山鸡们同样的喜怒哀乐，同样不会飞行，同样惧怕翱翔在天空最高处的雄鹰。

黎明，强劲的谷风升腾而上，浮动起银星垂凌乱的羽毛。

每当此时，银星垂会怀念起他从未实现过的在蓝天翱翔的鹰的生活。